街貓關注組

吳家強 著

序

在很久很久之前，我就想著為自己飼養過的貓和狗寫一些文章，特別是在牠們逐一離世之後，那份感覺很強烈，但時間就在千頭萬緒，難以落筆的情況下流逝，年輕的時候也無法適當掌握該從什麼地方開始寫起，事情放在心上，就這樣子一晃眼二十多年。

雖然我已經很久沒有和動物一起生活，但我一直都喜歡花時間在牠們身上，我常常停留在有貓駐場的地方，去和牠們玩耍，每次都是美妙的瞬間，能彼此靠近互動，更是不容錯過，手指撫摸牠們的毛皮，牠們總是展現舒適的表情，有時候閉上眼睛像睡覺一樣，令我感覺很愉快，就心情而言，不知道該説誰才是被撫慰的一方。撫摸貓咪的同時，我也同樣被貓咪安撫著，比較什麼也來得療癒，後來我發現可以將在貓身上看到、理解到的東西去寫一部小説，決定用這個方法去表達之後，那些內容就順利而自然地出來，這正是我出於對貓的愛，是其中一個讓我表達喜歡貓的方法。

在撰寫的過程，我經常想到過去在我身邊的幾隻貓和狗，感覺牠們偶爾悄悄地回來，靠在我腳邊或是伏在我身邊支持著我。

小説涉及到一個重要的主題，那就是關懷和保護流浪動物的重要性，我希望能喚起人們對動物福利的關注，並呼籲大家共同保護動物的權益，希望那些傷害流浪動物的事情不會再發生。

另外，我嘗試為那些感覺與世界格格不入，在現實生活中找不到歸屬感的人書寫感受，他們往往因有著與眾不同的興趣、想法或者價值觀，繼而被社會所忽視或排斥。通過筆下角色的冒險，探索了現實與虛擬世界之間的界線和交匯處。我相信現代科技帶來的虛擬世界，可以成為人們另一個尋找自我的場所，也可以成為人與人之間連結的橋樑。同時，我也想提醒著大家不要迷失其中，忽略了身邊真實的人與事。

這故事曾經在《milk》週刊及後來的 cup.com 上連載。在週刊的日子不多，因為才開始不久就遇上改版而取消，在網上發表的，是濃縮成三份之一篇幅的版本，有始有終。在這裡向所有支援的編輯們深深感謝。

特別感謝台灣的藝術家王春子小姐創作了封面插畫，她的畫風總是令我感到感動、溫暖，她所有創作都只能讚美，我的文章能配上王春子的畫作，是非常幸福的事。

這不只是一個關於緝兇的故事，是可談及到真實世界每日發生的事，只是採用像都市童話的手法去表達。是的，童話不是真的，但相信大家都會知道，許多時候童話比真實還真實，但我想說的，不是因為童話告訴我們有邪惡反派的存在，而是因為它告訴我們，邪惡反派是可以被打敗的。

吳家強　2024

目次

孤童的美
有誰知

01

躺在床上的梁本輝，正陷入「雙重意識之境」。這並非出自什麼醫學專書的名詞，只是梁本輝對自己此刻處境的形容。

雖然他在房間的床上，但周遭一切卻顯得非常遙遠。

他想像自己躺在冰冷的地上，暴露在緊身戰鬥服外的臉孔、頸項及手掌，都被灰陰天空降下的雨水所擊打著。

雨水把他臉上的血污洗擦掉，他逐漸清醒過來，回憶起剛才被狹路相逢的挑戰者，以漂亮及精準的迴旋踢擊倒那一刻。

雨勢愈來愈大，空氣中滿是濕潤的味道，不知何處傳來貓兒的叫聲，之後隨即有綿羊仔電單車發出高速飛馳的噪音。

梁本輝想不到自己投入網路世界的格鬥都市「The Fate」，才只有一個多月的時間，就給他遇上傳說中的高手「萬人敵」，一個從沒有人戰勝過，「格鬥排行榜」榜首的玩家，出沒在格鬥都市的神秘角色。沒有人知道他何時在線，所以成為了數以千計的玩家在尋找或守候著出現的目標。

在這個格鬥都市「The Fate」，能戰鬥下去就有存在意義，從蠻荒之地一路殺入高手雲集的市中心，奪取格鬥排行榜的榜首寶座成為終極格鬥王，是所有玩家務必要達到的境界。

這個自稱「萬人敵」的傢伙，卻不喜歡只留在層次最高檔的市中心，反而喜歡四出狙擊，往往擊敗十數個玩家，奪取他們的獎金和裝備後，便突然消失得無影無蹤，下線離開。

自投入遊戲後，梁本輝一直都只在供新手練習的場地上，不斷進行訓練，並不急於立即投入街上進行戰鬥，只是偶然跟同是新手的玩家，一起作出練習賽。沒料到首次進入可供戰鬥的街頭，就遇上「萬人敵」這傳說中的強者，並給一招擊倒，擁有的五千元基本獎金隨即被掠奪。

但躺下來的梁本輝，心中還是一陣痛快，因為他至少也知道，終於有一個目標出現在自己眼前。

相對在大學裡，完全不知道為了什麼而上課的感覺，這種被擊倒的心情，反而更是清晰，他至少知道自己必須再次站起來，苦練更高超的戰鬥技術，要把「萬人敵」狠狠擊倒。

梁本輝臉上不禁泛起微笑，雨水拍打玻璃窗的聲音，同時出現在現實及虛擬的世界，他彷彿感到戰鬥服的水氣滲入身體肌膚，漸漸奪走體溫。

他確認了一件事，自己非常在意萬人敵的存在。

這種感覺自他中學時代，跟隨同學學習泰拳後，就不曾出現過了。

梁本輝想像自己穿上泰拳運動服的裝置，將在格鬥都市「The Fate」重遇「萬人敵」的時候……房門被打開了。

※※※

「我不知道你在家。」

梁本輝從「雙重意識之境」離開，下線回到現實世界，他從睡床站起來，向眼前這個身材略胖，帶著一頭凌亂長髮的母親說了聲早安。

「我正準備起床了……」梁本輝説，「我沒聽到妳回到家裡的聲音。」

母親淡淡地説：「是你沒聽見我敲門吧？你似是準備去睡多一點。」

梁本輝對母親苦笑一下。

「整個城市的人，不想去睡覺似的，昨晚卡拉OK的人潮多得令人吃驚，令我忙個不停，到底有什麼原因，必須在凌晨三時唱歌呢？」母親也對梁本輝回報苦笑。

「媽，你快去休息吧。我出去吃個早餐。」

「你今天不用上學嗎？」

梁本輝搖搖頭，「回去抄筆記唸書，倒不如留在家裡溫習好了，沒問題的。」

「有時候看起來沒問題，才令人擔心，雖然所謂擔心，到最後也是沒什麼用處的。」

他站起來，望向窗外的雨。

「梁本輝，你説這樣，就這樣吧。但你也得收拾收拾房間，否則在你一不留神的時候，地方就會變成狗窩般混亂了。」

她顯然沒有力氣再與兒子爭論，她深深地苦笑，顯得極度疲累。

梁本輝沒有攜帶雨傘，就這樣穿上一件 Nike 有帽的風衣，在風雨之中，往街角的茶餐廳走去。

「有時候看起來沒有問題，才令人擔心。」梁本輝被母親這句話喚起腦內的記憶，一切就從個多月前的黃昏說起。

※※※

梁本輝坐在狹窄的教室內，眺望窗外雨水隨風飄搖的風景。

講師逐一批評學生呈交的報告，而坐在梁本輝不遠處，在牆邊位置的小綠，突然毫無預兆地哭起來。

他看到小綠的側臉，看到她的淚水流過面頰，滴落在她按在桌上的手背上，前後不過一秒。

她輕輕地喘著氣的同時，微微鬈曲的及肩頭髮也在搖晃。

課堂結束，大家迅速地收拾好自己的物品離開，只有小部分同學走近仍然坐著哭泣的小綠，一個身材高大健碩的男生，伸手輕摟著小綠抖動著的肩膊，而女同學則在小綠的耳邊説著些什麼。

梁本輝想起小綠平時都是一臉笑容，如同動畫女主角般可愛，並會從她唇邊展露出那尖尖的小虎牙。

不知是誰撞跌了小綠桌上的原子筆，筆桿滾動到正站起來的梁本輝腳邊。他把原子筆拾起來，在手指上轉了一圈，輕輕把它放回小綠的桌上，然後離開教室。

步出教室的一刹那，梁本輝偷瞄一眼，剛好和眼泛淚光的小綠四目交投。

一陣冰涼的空氣閃過梁本輝的身體。

晚上，梁本輝如常獨自吃過母親弄好的晚餐，處理家中的各項帳單後，就打開手提電腦，靜靜地欣賞拳賽直播。熒幕中兩位拳賽選手都流露著堅定不屈的眼神，但是勝方就只有一位。他想到這裡，感到納悶，再看著熒幕中兩位拳手的激烈對戰，漸漸焦躁不安。

梁本輝想喝啤酒，他探頭進冰箱找，卻只見一瓶母親愛喝的梅酒。

為了喝啤酒，看來不得不踏出家門。他關掉電腦，出門走在仍然被灑滿雨粉的街上，向街角的便利店走去。晚風把街上的招牌吹得左右搖晃，地上的紙張和垃圾隨風飄揚。

梁本輝想到小綠哭泣的側臉，愈想愈是心煩，在滿是霧氣的街上，突然感到有點不知身在何處的感覺。

走入便利店，他取了一罐麒麟牌啤酒，用八達通付費後就再走到街上。他不想馬上回家，反而一邊喝著啤酒，一邊隨意亂逛。

他沿著街道前進或轉彎；又沿著另一條街再前進，再轉彎，晚風吹得更是凜冽，街旁一幢銀行大樓頂樓上的獸雕石像，因風雨而顯得搖搖欲墜。

梁本輝把啤酒喝到一半，腦中想起於便利店付款時，看到雜誌架上遊戲雜誌的封面。

那是近期最火熱，在地鐵站和巴士車身廣告經常看到的「The Fate」格鬥都市遊戲。遊戲中那隻標誌性的神獸——由山羊、獅子、龍、蛇混合而成，無以名狀的超現實物體映入他的眼內。

他意識到這銀行的頂樓，正是有著這座相同的神獸雕石。

與此同時，石雕正從天台直落而下，梁本輝剛好停下來沉思，只差幾吋就被石雕擊中頭部。

石雕摔過他手中的啤酒罐，把啤酒罐剖開了一道裂痕，酒液噴灑半空，他被這強大的衝力推撞得跌坐地上，跟前的石雕則摔成碎片，散落在行人道上。

幾分鐘後，他才回過神來，回想剛才發生了什麼事。他抬起頭讓雨水拍打自己的臉，慢慢清醒過來，重組這個晚上發生的事情。

他因為想喝啤酒而在雨夜外出，途中想起便利店雜誌架上的遊戲雜誌，封面上的神獸而停下腳步，因而避過了擊在自己頭上的石雕。

梁本輝明白自己逃過了一劫，在於他在千鈞一髮的時候，沒由來的想起了神獸。

他折返便利店，在收銀處旁掛滿各式電子禮品卡的架上搜索。在 Google Play、iTune、Spotify、Netflix 等應用程式的禮品卡下，他看見那隻救他一命的神獸——

那是遊戲銷售平台價值五百元的禮品點數卡。

梁本輝感到大學一年級的沉悶生活已告一段落，彷彿往日的種種已不屬於他，他再也不是事發前的梁本輝。

由那天晚上開始，梁本輝完全沉迷在「The Fate」的世界之中。在狹小房間裡手提電腦的十六吋熒幕、滑鼠以及鍵盤，還有最重要的命脈、靈魂所在——無線網絡路由器，這都是自他避過從天而降的意外後，每天生活上最不可或缺的部分。

梁本輝跟班裡的其他同學，其實沒有太大分別，都是各自沉溺於他們所愛：有人是股票，有人目標是成為學界運動選手，有人迷戀跟不同的異性交往，當然也有人專心讀書。懂得為自己打算的一群，希望在完成大學課程後，可以用較輕鬆的姿態去找工作。

而梁本輝喜歡的是獨處，完完全全的一個人，並覺得舒適到不行的程度。

同學之中也有數量極多的人，喜歡投入網絡遊戲的世界，但梁本輝完全無意成為他們當中的一員。他不需要討論、不需要分享，更不需要相約在某個時刻一起在線，他需要的只不過是戰鬥。

是一種癖性吧。他在離開網絡遊戲世界的時候，總會反射性地想起這個行為的根本。是的，是一種渴望獲得那種連喉頭也品味到的快感。更重要的是血還是可以湧流，但現實上則是絲毫無損，這種狀態是他一直嚮往的。

正如他少年時學習泰拳，一轉眼已是七年光景。昔日他每星期風雨不改地拼命苦練，七年來都沒有任何重要原因，令他下課後不往拳館，換上拳手短褲的事情發生。

直至他在比賽的選拔過程中，把對手狠狠擊暈之後。

那一刻，梁本輝只希望對方，那個跟自己年紀相若，大概是就讀中五或中六的同門師兄，可以盡快從擂台上醒過來。

沒有任何一件事，比這件事更重要。

梁本輝後來回到拳館探望那個男生，而對方也沒有對他的狠擊心存仇恨，並認為在擂台上被打倒，是很正常的事情，他力邀梁本輝重返拳館，不要退出。

只是梁本輝以升上大學，功課繁忙為藉口，就再沒有繼續研習泰拳了。母親對兒子的決定，完全沒有過問，也再沒有提及，只是沉默地把兒子的泰拳用品裝備，放在家裡不知哪個角落，就繼續如常在卡拉 OK 工作。

學習泰拳對梁本輝來説，動機非常單純，就只是為了自我研習，而並不是為了去證明什麼。若必須透過比拼才得以發現什麼，他認為是非常無聊的行為，性格愛好和平的他，對於不慎傷害到別人，更是無比的內疚。

雖然如此，直至今天，梁本輝還是十分懷念在比賽當晚，他吃過早餐後，就整天沒有再吃什麼，只是不斷地喝著寶礦力水特，因精神緊張而令雙手發抖的感覺。

那種興奮感，對梁本輝來説是害怕，多於一切。

是一種人性的陰暗面吧？雖然他不想繼續讓這種感覺膨脹，但精神上還是不由自主地渴求這種感覺。

於是，他變得更沉默，不想驚動內心那一頭獸。但他還是偶然散發出一種氣息，教周遭的人都不想靠近他。

除了他一個人，便只有永遠坐在他不遠處的小綠。偶然四目交投，小綠總是露出笑容，一種只在動漫才會出現的女主角笑容，還有她那尖尖的小虎牙。

梁本輝留意到，小綠很喜歡貓，許多日常用品上，都出現貓的圖案或照片，有化成漫畫的貓，也有貓的剪影，幾乎全都是貓。

而小綠看起來，也很像貓，特別是她目光呆滯，望向窗外的時候，她那既虛無又放鬆的樣子，像透了家裡附近的流浪貓表情。

是什麼事情令她哭呢？幾天前，梁本輝在教室看到小綠流淚的表情，心情便感到煩躁。

他像是看到一頭貓在哭泣。當然，他從來沒有看見哭泣的貓，但眼前的小綠正是給他這樣的聯想。

梁本輝覺得自己應該要為這事情做些什麼。

可是，到底可做些什麼呢？他完全沒有頭緒。

若是介入了對方的生活範圍，自己就再也享受不到這種寧靜狀態。自從完全撤離泰拳運動後，對梁本輝來說，好不容易才發現世界上有如此這般的東西：網絡格鬥遊戲「The Fate」，可供他投入戰鬥，卻又不必真的傷害別人，更重要是這個被命名為命運的虛幻世界，永遠都是山青水秀，千載如舊。只要化身成格鬥家，他就有一種很清晰的存在感，好像是潛意識裡一直想找一個人，一個能夠彼此深入地交談的人，能向他訴說對生活、情感、未來種種的看法，只是大家的「溝通」，變成了各自別出心裁去設計的殺敵招式罷了。

要跟「萬人敵」決戰，就這麼決定。

梁本輝要立即結束對小綠的聯想，雖然想要試著去做點事情，但又總覺得做與不做並沒有什麼差異。他感到若這樣繼續徘徊，會使自己心裡內部和身旁的事物失去了平衡似的。

所謂時間，就是有限的資源，要是把這些資源投放到虛幻的世界裡，能夠在現實世界運用的部分就會減少，但誰可以確實告訴別人，自己從來沒有浪費過時間呢？

自從那天後，梁本輝沒有回到學校，只是一頭栽進「The Fate」的世界，不斷進行練習。他甚至換上一套嶄新而敏銳度極高的電競鍵盤和滑鼠，只為努力提升自己，以及四出尋找「萬人敵」的所在。

「報上名字來。」

晚上十時後，是「The Fate」世界最熱鬧的時刻，在這個看不見盡頭的虛擬都市內，滿佈四出尋找對手展開格鬥的玩家，從力量級數最強的「紫級」，依次序數下去的「白」、「金」、「青」，都集結在這個都市裡，期待發生轟烈的戰鬥。

跟一般以升級解封版圖的機制不同，「The Fate」的世界版圖：鄉村、小鎮、城市邊緣和市中心一開始便開放予所有玩家遊走。憑藉一個簡單的主線劇情：門派衰落，作為門派傳人的玩家需爭奪格鬥排行榜的寶座以重振門楣為背景，玩家便由一名鄉下無名小卒開始，透過不斷的格鬥和完成任務來升級，向市中心「格鬥都市」進發。

鄉村和小鎮是「青」、「金」初級玩家的主要活動地盤，城市邊緣和市中心則是「白」、「紫」級玩家的樂園，各地有專為相應級數而設的任務，完成任務可得到獎金、經驗值和裝備等基本獎賞，更有可能得到特殊獎賞，例如得到武林秘笈習得炫目的新招式，限時的「不死身」或攻擊力倍增。有玩家便曾抽到三小時的「三倍攻擊力」而瘋狂格鬥和接任務，結果一下子便由「青」級連升兩級至「白」級，事後在討論區大肆炫耀。

然而，基本獎賞和特殊獎賞並不是最吸引玩家的地方，每次完成任務後的抽卡獎賞，才是教玩家一再沉淪，甚至無法自拔要不斷「課金」的主因。

在「The Fate」世界裡，商店是購買裝備的地方，但若想得到各等級中最頂尖的神兵利器，則必需要靠冶煉打造。每次任務完成，玩家可透過抽卡獎賞得到某種元素或原材料，集齊指定材料後，玩家便可透過冶煉師鑄造最頂級而具個性化的法術裝備，作出強大的法術攻擊和防禦。

而以上這些不過是等級任務的獎賞。不限等級，人人可參與的「公海任務」，獎賞則更豐富。「The Fate」每日有高達數百款等級任務和公海任務，以不重複出現的演算法在各玩家的世界中隨機更生。因此對玩家而言，每次上線都是一趟嶄新的冒險。

「喂！你這包著頭巾的小子！裝聾聽不見我講話嗎？」

一個身穿迷彩軍服的金髮漢子，手腕上戴有金屬護腕。他本來雙手插腰擺出一副挑釁的姿勢，見梁本輝久久不答話，便不客氣地舉手指著他。

梁本輝正想輸入回答，金髮漢已急不及待地未動手，先動口：「你這身泰拳拳手的打扮，很土呢！」

在這裡，玩家可以隨心所欲設計喜歡的外形和所使用的武功。既可以以卡通化的真實樣貌行走江湖，也可以用系統中上千個造型配搭出心水模樣；可以使用拳腳功夫，也可以使用稀奇古怪的東西作兵器。因此走在「The Fate」的街頭，有人扮忍者發射手裏劍，有人穿古裝扮兵馬俑，也有人會拿著搖搖、茶壺、拖鞋、摺櫈等物件建構趣怪的武功派系，同時頭上顯示的等級亦半點不失禮。

「是嗎？我有一個更土的名字。」

梁本輝注意到，這個美軍造型的漢子是個第三級水平的玩家，屬於「金」級，是個以力量為主，施展西洋拳的設定，外號是「雷龍」。

「你似乎沒有聽到我的說話。」雷龍在毫無預兆下，衝前揮出一拳，表情化成兇猛無比的樣子，頭上耀眼的金髮隨著衝勢起伏。

梁本輝冷靜應戰，並快速按下三個指令。在虛擬世界的這個拳手，用一個華麗的凌輕飛躍，閃過了「雷龍」猛烈的一擊。

屬於「金」級的攻勢，基本上所有新手也只能用防守的設定去抵擋，對方為梁本輝的熟練技巧而驚訝不已。

同時間，「雷龍」給連環踢到腰腹的位置，及時避過了攻向頭部的一擊，他露出了被擊中的痛苦表情，以及響起了誇張的音效。

「我的名字是『爆破犬』。」

泰拳拳手「爆破犬」踢出優雅的飛腿後，用輕鬆的姿態著地，看起來就像跳舞一樣。

猶如真實的世界一樣，戰場周邊開始圍起看熱鬧的群眾。

「新手對金級，看哪邊會勝出呢？」一個像菜市集肉販的玩家，嘴巴叼著香煙說。

「這不用說吧？」旁邊的「外國隊長」雙手交叉胸前。

「這個新手一點價值也沒有，換了是我就不打了，既沒錢又不會增加威望值！這個『雷龍』也真夠無聊。」一身「盜賊王」造型打扮的玩家駐足一會便不屑離去。

除了勝、負、和的戰績記錄，「The Fate」世界尚有一項叫「江湖威望值」的指標。為鼓勵玩家向難度挑戰，威望值有一套特別的計算方法：若玩家戰勝同級對手，威望值會獲得增加，若玩家扳倒比自己等級高的對手，獎金、經驗值和威望值會以三倍增加，勝方更可從對手身上取得一件價值最高的寶物或裝備。

以這場「雷龍」對「爆破犬」為例，「爆破犬」是「勝0負1和0」的新手玩家，金錢值為0，除了新手們需要為升級而互相格鬥外，「雷龍」戰勝「爆破犬」基本上無利可圖；但相反，若「爆破犬」戰勝「金級」的「雷龍」，除了能把對方的三萬元身家掠奪以外，更可額外獲得六萬元的「越級挑戰獎勵」以及三倍計算的經驗值和威望值，連帶「雷龍」身上最貴的一件裝備也要拱手相讓。威望值愈高，購買裝備時獲得的折扣便愈大，並能得到更多參與限時任務的機會，贏取神秘獎賞。

「哈！」

「雷龍」突然猛喝一聲，疾步以帶著勁風的勾拳向「爆破犬」頭部連環襲來。經過數招交手，梁本輝已掌握到「雷龍」是個拳重而拳速一般的拳手。他的最大優勢是力量大，因此扣血量多，但由於拳速慢，他需要挨近對手，縮短對方的防備時間才能發揮優勢。因此一開始，他便借談話走近「爆破犬」並突然發難，此刻，他又重施故技，再次縮短「爆破犬」拉開的身位距離。

「爆破犬」自知現時的力量級數無法硬擋攻勢，唯有閃避應對。「雷龍」施展狠勁，西洋拳舞得虎虎生風，但速度亦更慢了。「爆破犬」看準來勢——左、右、左，避過了對手的連環殺著。第四拳襲來，他弓身俯伏，碩大的拳頭「呼」一聲從頭頂橫掃而過。他趁機揮拳反擊，「砰」的一記誇張聲響，「雷龍」小腹中拳，踉蹌退倒。

「爆破犬」即時反客為主，右腿一記「側踹踢」，重重踢在「雷龍」後腿的膕窩上，壓得他整條腿跪下來，身體失重心向「爆破犬」跟前撲倒。「爆破犬」抓緊黃金機會，左拳疾如閃電，「雷龍」的臉即時被打至凹陷。

「噹啷！」金屬護腕從「雷龍」腕上掉落滾在地上。這場新手對「金級」的格鬥，「爆破犬」獲勝。

「承讓了。」「爆破犬」合掌胸前，以傳統的泰拳禮儀結束戰鬥。戰績更新為「勝1負1和0」的他，得到合共九萬元的獎金和一對屬於「金級」裝備的金屬護腕。

「雷龍」狠狠地瞪「爆破犬」一眼，沒留半句話便憤然離去。

梁本輝沒有痛快的感覺，他的腦海定格在「爆破犬」雙手合十的畫面上。那雙掌，像一幅畫的局部被標示出來放大一樣，掀起了腦海深處沉默的漆黑布幔，一翻開來，塵土飛揚……

泰拳初級班的課堂上，身形略胖，剛升上初中的梁本輝盤膝坐在舖有軟墊的地板上。年齡相近的學員，兩或三個成為一組的坐著，梁本輝則自己一個，專心致志地看師傅示範基本的拳擊技巧。

那是課後近黃昏的冬日，太陽下山的餘暉照進拳館，室內染上一抹莊嚴的金黃色。梁本輝全神貫注凝視師傅的每個動作：抬腿、踏步、曲腳、側身、手護頭部……空氣中懸浮的微塵在金光中閃著微弱的光芒，師傅每一下的動作，慢慢像失焦的相機鏡頭般變得模糊和後退。當他意識到自己已經走神的時候，眼前擁有的，是背後有人影在動，在空間中寂寂漫遊的冬日塵埃。拳館中，人人屏息、安靜、專注，仰望尋求更高深的技術。梁本輝不知怎樣形容當時的感覺，好像心靈的觸鬚觸碰到近似信仰的物事，一股金黃色的，神聖的暖流在體內運行。

「和對手切磋後，我們雙手合十，像這樣抵在胸前以示敬意。上課除了跟著師傅做這種形式，戰鬥也是一種形式。戰鬥是上課，擂台是教室，對手就是老師，老師會在戰鬥過程中教導你，讓你看到自身的優劣。輸，你會激發自身內在的老師，檢閱自己；贏，你會向擁有更高深學問的老師邁進。因此不論成敗，切磋後我們都要合掌感謝對方。至於雙手緊貼胸前，是要誠實自問是否已經出盡全力，沒有浪費自己。如果答案是肯定的，即使流著血，你也可以帶著榮耀離開教室。」

師傅是個中年人，四十多歲的模樣，穿著一件透著時日洗練、纖維已洗得變稀薄的黑色背心。師傅身高不算出眾，比常人略為高聳的顴骨是其平凡臉孔上的唯一特徵，泰拳褲下，他有一雙格外粗壯的小腿。整個人散發著一股精悍結實的氣息。

梁本輝並不真的認為台上的對手會是自己的老師，他知道任何在毫無利害關係下透露著善意的平常人，不論是自願還是被安排，一旦被置放於對立的位置上，都會為生存而作出不遺餘力的攻擊。而這種攻擊，並不存在任何憐憫或教育意義，其目的僅是為了要將你擊倒，好讓他從受威脅的不安中解放出來。他從小就知道。

讓梁本輝動容的是師傅的後半段說話。如果有盡力，我可以合掌無愧地面對自己。如果要求他人做事能無愧於己的希望，終究注定落空的話，最穩妥還是把這種期望放回自己身上。就像從小看著母親要求父親，可以無愧於作為丈夫和父親的角色，這種套在別人身上的奢求終究不會如願。但若能在每場戰鬥中做到自己的承諾，開盡身體的感官：攻，全力出拳；守，堅忍到最後一刻。這種痛快感，就算是勝方也無法奪取。

在充滿著生存不安與流離不定的生活裡，我也想獲得奮力一搏的痛快感。梁本輝幾乎把話吐出來。

此後每天上學最期待的環節，便是下課到拳館。最初當然沒有戰鬥的機會，不過是機械性地對著沙包打，對著空氣看著鏡中的自己練習——不是人人都可以獲得戰鬥的資格，但只要繼續踢好每一下，認真擊出每一拳，終會輪到我。梁本輝這樣告訴自己。此後在若干大大小小的同門切磋中，梁本輝越發感覺自己極享受在全力搏擊之後，不論輸贏，合掌結束賽事那種高度的自我圓滿感。那變成了他生活中，唯一能確切感受到自己能掌握生命的儀式。

然後，在某天如常的訓練裡，一位只比他早數月入門的師兄把他召來。「過來，梁本輝。」滿頭大汗，赤著上身的他於是離開沙包，跟四五個師兄弟一起圍站在師傅跟前。這時，堅持每天下課來練拳的同校生已經因各種理由陸續退學，只剩下梁本輝與來自其他學校的學員。

師傅說：「今天我們學用腿把對手的重心踢歪，不論是處於下風解圍還是攻擊對手，這在實戰層面都非常有用。把這招練強，對手就會自動把頭送到你面前。你們留心看著。」師傅點了大師兄出來示範。只見大師兄向師傅擊連出數拳，師傅側身閃避後猛然抽出右腳，非常響亮的「啪」的一聲，正中大師兄膝蓋後方的膕節處，大師兄應聲曲腳跪下，身體不由自主向前撲倒。師傅只略把左手伸前，大師兄的臉已主動湊上拳套上。

「這是側踹踢，出腳時由大腿帶動小腿把角度傾斜，踢在對手腿上最弱的一點，即是膕窩上。」

梁本輝每天也練習這招。他發現要精準地踢在對手的膕窩上並不容易，即使掌握到精準度，力量又是第二重功夫。一記踢腿蘊含觀察力、靈敏度、關節以及肌肉每個細部的嚴謹技術要求與配合，才能做到克敵制勝的效果。每個細部都需要反覆練習，拿捏每一回角度與力度的調教所帶來的差異。這就像烹調一樣，一點鹽糖的分量差異就會成就出不同的味道，這當中只有不斷的實驗，細膩地感受和記錄結果，這是漫長卻能一點一滴靠近目標，累積成功感的過程。因此，當同校生告訴梁本輝練拳苦悶而求去時，他完全無法理解。

起初，梁本輝的腿並不能造成很大的殺傷力，即使準確地踢在對手的膕窩上，對方也聞風不動，並沒有構成任何攻守的助益。於是他每天執拗地進行右腿特訓。踢沙包帶來了肉體上的痛楚，心靈上卻令梁本輝感到安心與平靜，每一下的痛像在告訴他，距離成果又靠近了一點。四個月後，「梁本輝的腿」被師兄弟們納入為切磋時需注意的事項，不致於一腿可以把對方踢得跪下來，但本來掌握著的大好形勢和節奏會確實因此而被踢傷。

本來一切都按著軌道走，梁本輝想。直至那位叫他學新招的師兄，被他一腿踢倒再中拳之前，一切都正常。

「你好！爆破犬！」

回到「The Fate」的世界，「爆破犬」贏了漂亮的一仗，贏得了豐富的獎金獎品。一個昆蟲打扮的「金級」男子走上前，梁本輝反射性地擺出泰拳的戒備姿勢。

「哎呀！你別誤會！」「昆蟲」一嚇，馬上脫下頭套。頭套下，竟然是一隻柴犬的頭。

「你好，我是『柴犬爸媽格鬥家』的組織人員，我見你腰包上扣著柴犬鎖匙扣，猜想你該是一位柴犬飼主，想來給你介紹我們的組織呢。」說著奉上一張宣傳海報。梁本輝伸手接過，放大一看，居然是一張製作認真，具商業質素的海報。

「怎樣？不錯吧？不瞞你說，我其實是個設計師。」柴犬頭洋洋得意地說。

「你是剛加入『The Fate』的新朋友吧？」

「是的。」「爆破犬」卸下防禦姿態。

「那你應該還不太清楚『The Fate』的線下活動資訊了。但你應該知道『The Fate』推出至今，已經俘虜了很多玩家，現在除了每月的官方線下活動，志同道合的玩家們也在自組線下活動，一起約出來吃喝玩樂呢。我們『柴犬爸媽格鬥家』就是繼『巴西柔術會』和『滾動命運火鍋會』後第三大的玩家『同鄉會』。只要是柴犬飼主便可以加入我們，下次活動時，人犬齊來可交流格鬥和照顧柴犬的心得！我們已經舉辦過兩次活動……」呆頭呆腦的柴犬忽然掀起嘴角奸笑，他在「爆破犬」耳邊小聲說，「很多女玩家現身呢！」

「爆破犬」沉默，柴犬頭繼續興奮地自說自話：「我們下次會到海灣辦遊艇聚會，名額只得四十個啊！有興趣就先跟我報名，手機支付九百元即可！」

「爆破犬」搖頭說：「對不起，我沒有飼養柴犬，這個鎖匙扣是朋友送的。」是像貓一樣的朋友送的，梁本輝想說。「不過我想打聽一下，你知道哪裡可以找到『萬人敵』嗎？」

「嘩！『萬人敵』果然已經成為了『The Fate』的賣點。」柴犬頭撓著手嘖嘖稱奇。

「我被他打敗過。」

「什麼？」柴犬頭點按一下「爆破犬」，一份戰績記錄彈出來：

第一場戰鬥　對手：萬人敵（柴級）戰績：負

第二場戰鬥　對手：雷龍（金級）戰績：勝

「不是吧？『萬人敵』竟連新手也欺負！真不知你是幸還是不幸呢。」柴犬頭露出狡猾的笑容。

「我要跟他決鬥。」

「我看還是算了吧。」柴犬頭沒好氣的樣子。「人人都要找『萬人敵』，有誰真能遇上？這傢伙到底是不是真人也是個疑問呢。『The Fate』每個月也會請格鬥排行榜的頭五位玩家出席線下聚會，這個『萬人敵』卻從來沒有出現過。你知道嗎？只要在官方活動現一現身就可以收到遊戲商的精品、禮券還有最新的電競裝備！這傢伙已成為終極格鬥王兩個月了，卻一次也不現身出來領獎，你不覺得這樣很可疑嗎？」

「確實是的。」

如果『萬人敵』終究不肯現身，而『The Fate』世界裡又真的沒人能把他打下來，遊戲商的處境也很尷尬。畢竟討論區裡已有聲音說『The Fate』是用人工智能守著遊戲的榜首位置，企圖操控遊戲，這樣的指控可不是說笑的……」柴犬頭突然醒起自己並不是為著要做新手導航員而來，他甩一甩頭把話題轉回重點。「唉！早知你沒養柴犬我就不浪費時間了。不過，我們還算蠻聊得來的。這樣吧，你想想要不要來參加我們的遊艇聚會吧，最多當我多帶一位朋友好了。你想參加的話就來『希斯頓鎮』的商店街找我，我算你八百元吧！」

柴犬頭套回昆蟲頭套，搖搖手遠去。

梁本輝當然不會參加遊艇聚會。他要的東西，聚會無法提供，只有「The Fate」的街頭可以。

小虎牙

02

梁本輝操作著泰拳拳手「爆破犬」繼續前進，在這個不真實的網絡世界，沒有方向和目標之下，四處胡亂前行。

他處身於名為「萊德村」的鄉村，是個被群山環抱，巨木參天的地方。點按一下地圖，這是四條鄉村中的一條，其餘三條分別為「康寧村」、「夏侯臣村」和「威靈頓村」。「夏侯臣村」是通往六座小鎮的入口，而小鎮的出口通往市郊區域，最後便直達「格鬥都市」。「爆破犬」穿著一身鮮紅的泰拳短衫短褲，繫著扣有柴犬鎖匙扣的腰包，在碧空如洗，山青水秀的映襯下穿梭於簡陋的農舍。

「雖然這裡看似是條平靜的村莊，不過其實每天都有不同的怪事和糾紛。記得要多跟村民交談去發掘有趣的任務啊！」「爆破犬」點按村裡的小女孩，小女孩笑著給予提示。

「這裡不是什麼富貴之地，不過也未算窮得一文不值。多留意村裡四處擺放的雜物木箱，說不定會撿到有用的東西呢！」一位扛著鋤犂，裹著頭巾的青年農夫說。

「爆破犬」一面走一面撿拾路上的物資，當中有戰鬥用的補血丸，也有簡單的武器像木棒、牛刀、斧頭等。只見一排農舍面朝田野相連築起，有的囤放著稻草，有的圈養著家禽，雞鳴狗吠，一一逼真地透過耳機傳進梁本輝的耳裡。鄉村看來以「夏侯臣村」為首，唯一一條商店街就設在當地；至於能鑄造出神兵利器的冶煉師，系統則沒有任何線索與提示，看來得靠玩家自己發掘。

「爆破犬」快速遊走一圈，只見遊戲設定中的村民都在進行著耕種、捕魚、砍樹、放牧一類的農活。走進「夏侯臣村」一路往南，便來到通往小鎮的巨大城樓。尚未穿越城樓，熱鬧的叫賣聲已在通道迴蕩。

「爆破犬」踏進「希斯頓鎮」，首先感受到的是泥地鋪上了石板，接著眼前便延展出一條看不見盡頭的市集街，男女老幼，買的三三兩兩在挑選和議價，賣的則在努力推銷。小食檔「滋滋」地烤著肉串，教梁本輝彷彿嗅到誘人的肉香。對比鄉村，鎮上的人衣著明顯華麗和精緻，商店和民房建築亦更見規模和現代化。

「爆破犬」走馬看花越過富庶的城鎮，踏進市郊。所謂市郊，確切一點形容更像是城鎮的工業區，鑄鐵廠、琉璃廠、染布坊都可以在這裡找到，既有現代勞動生產的氣息，又像個「三不管」的特殊地帶。來到這裡，青級玩家的數量明顯減少，取而代之，碰面的盡是白級和紫級的玩家。

路過一所轟立著兩尊巨大羅漢銅像的寺院，一名穿著袈裟，理著光頭的紫級玩家衝著「爆破犬」走來。

「阿彌陀佛，施主，請不要沉迷網絡遊戲。」和尚說。

「爆破犬」完全沒有理會對方，只是小心翼翼地作出防備，看對方是否會突然發難作出攻擊。然而等待良久，對方只是雙手合十不動，默念阿彌陀佛站在原地。有別的玩家經過，這紫級和尚玩家又作出同一番勸喻。

如同真實的世界，各式各樣的人也並存著。

梁本輝操作「爆破犬」折返「夏侯臣村」。現在，已沒有闖進「格鬥都市」的必要了。既然已下定決心要以「萬人敵」為目標，那就沒必要急於一時硬闖此刻不屬於自己的領域。只要想到那是早晚要拿下的囊中物，梁本輝內心便踏實。

與新手玩家進行過數場格鬥後，「爆破犬」開始在村裡蹓躂尋找任務。他發現「The Fate」的人物設定相當細緻，那怕看似是路人甲的傢伙，背後都有扎實的背景故事和人物關係設定，每個看似平凡的村民，都在說話中透露著自己的故事的蛛絲馬跡。任務的設計，巧妙地平衡玩家因長時間格鬥所帶來的倦怠感。

天高雲遠，艷陽高照，稻田在陽光照耀下閃閃發亮。阡陌上，一個農婦正吃力地緩緩推動一台載滿小麥的木頭車。「爆破犬」上前幫忙，把木頭車推到農舍前。

「謝謝你！遇見你真好！我正苦惱如何處理這件事呢。」農婦說。

「爆破犬」準備開口之際，熒幕彈出兩個選項：

1. 說「不必客氣。」然後離開。

2. 說「有什麼可以幫上忙嗎？」

梁本輝選了2。

「是這樣的。我剛剛收到酒商錢老闆的通知，說他新調配的酒『純如』大賣，要趕緊釀製新一批以應付市中心的訂單。」農婦說。「他叫我馬上把小麥運到『洛依克鎮』公所的後園裡。平日這都是丈夫負責運送的，但今天他剛巧出門不在，我又搬不動這車小麥。小哥，你可以幫我盡快把小麥運過去嗎？」

選項再次彈出來：

1. 說「沒問題！」

2. 說「你找別人吧！」

梁本輝選擇1。

「太好了！謝謝你！鄉下地方沒什麼可以報答你，你就收下這個吧！」

「叮」一聲音效，「爆破犬」獲得「辟邪銀器」一件，價值三千元。

畫面一轉，本來在側身對話的「爆破犬」變成了推著小麥車的背影，運送任務原來是個小遊戲：

> 多麼熱鬧的小鎮！今天是「洛依克鎮」的嘉年華，人人都在街上巡遊慶賀。請利用左右鍵避開沿路的障礙，將一百斤小麥安全運抵目的地。

一分鐘的倒數計時掛在熒幕角落，小鎮街上各式行人、馬車、巡遊隊伍向小麥車迎面衝來。梁本輝兩指在鍵盤上機敏翻飛，每碰到一次障礙物，小麥便掉下十斤，小麥掉到少於三十斤便算輸。梁本輝有運動底子，手眼協調能力本應不俗，但去到最後二十秒，障礙物的速度實在太快，「爆破犬」最後只能以掉剩五十斤的成績結束遊戲。

「爆破犬」把小麥車運抵目的地，卻不見有人接頭，也沒有任何任務完成的顯示。然而呆在原地，卻又沒事發生，於是只好在「洛依克鎮」內閒逛。他走進比鄉村體面得多的裝備店瀏覽。

玄鐵護腕	已裝備		
蠶絲布靴	防＋10	速＋20	$10,000
工人頭巾	防＋30	速＋40	$40,000
夜行披風	防＋60	速＋60	$78,000
烈焰護腕	防＋90	速＋70	$100,000

梁本輝一下子便被雕刻著火焰圖紋的護腕所吸引，他點按「烈焰護腕」，熒幕立即彈出字句：

「金錢不足。願意以$25購買這套裝備嗎？」

梁本輝知道只要按下「是」，馬上便是遊戲帳戶的扣費流程，不消三秒，這套

「烈焰護腕」便能馬上戴在「爆破犬」手上。但這樣，得到寶物的快感值將會降至0吧？梁本輝想。他操作「爆破犬」踏出裝備店，暗下決心：今天內我就要把你拿下。

「爆破犬」回到鄉村繼續尋找任務，不料剛才的農婦氣沖沖地找上來。

「是你偷走了我的小麥嗎？！」

「爆破犬」不明所以，試著解釋：「是你說搬不動，丈夫又剛巧出門，於是委託我幫你把小麥運到酒商錢老闆處。」

「什麼？我何時說過？我只是剛好和丈夫到鄰村借點東西，但鄰居就說見到你把我們的一車小麥推走！」

糾纏之際，農婦的丈夫走上前來。

「小哥，不好意思，請問你確定剛才那位真是我太太嗎？」農夫問。

「沒錯。」「爆破犬」堅定地點點頭。「她還送我一件東西作報酬。」說著把剛才的銀器掏出來。

農夫一看銀器，哀號起來：「慘了！我們遇上『易容飛賊』了！」原來近日鄉村騙案叢生，有賊人以易容的方式利用村民盜取目標農戶的財物，到東窗事發時，村民和受害一方各執一詞，誰都覺得自己有理，而賊人則逃之夭夭，犯案至今從未落網。

農夫說：「我一看你的銀器便知那是贗品，是那傢伙的犯案手法！他出手闊綽，會以銀器作報酬利誘村民幫他做事，但那其實是一文不值的爛東西！」

「爆破犬」從行裝中查看剛才所謂的「僻邪銀器」，價值已顯示為「$0」。

「本來賣了這車小麥我們便可以還清地主的貸款，現在……嗚嗚……」農婦傷心得哭起來。

「爆破犬」說：「很抱歉，我……」選項再次彈出：

1.「這裡有三萬元，是我給你們的賠償。」

2.「我會把小麥尋回給你們。」

梁本輝選2。

「既然那混蛋說是酒商的指示，你不妨到錢老闆處看看。錢老闆的釀酒廠設在市郊，說不定那混蛋正把我們的小麥高價放售！」農夫提示。

※※※

前往市郊前，梁本輝特意到小鎮的商店街購買戰鬥物資，他預感將要應付一場硬仗。

商店街是玩家聚集交流的地方，每條商店街的入口處都豎立著一塊告示板，讓玩家在上面自由發放資訊。梁本輝一眼便看到「柴犬爸媽格鬥家」的海報貼在板上，兩旁還貼有其他玩家「同鄉會」的宣傳。有人留下Telegram聯絡方式想以道具交換裝備，有人破解不了任務在此求教，也有人表達對「The Fate」的種種不滿。青級和金級玩家在街上悠閒地聊天，既交流遊戲情報，同時亦互相結識真實世界裡的彼此，商店街就像是默認的休戰區。「爆破犬」嘗試加入一群玩家的討論。

「算起來真的不太合理，按每個等級需要投放的時間，『萬人敵』不可能這麼快就練到這個水平。」一個全身青色的外星人玩家說。

「要麼是『The Fate』做出來的假玩家，要麼就是開外掛。」一個西部牛仔打扮的玩家雙臂交叉胸前說。

「我最近聽到一個新說法，說『萬人敵』是破解了一個特殊任務，所以能極速升級。」

「說到任務，我正想問大家有玩過『密室失竊』這個任務嗎？我現在要找一件叫『辟邪銀器』的東西打開密室，踏遍了整個『The Fate』的版圖都找不到啊！」打扮成嘉年華小丑的青級玩家正在發愁。

一眾玩家搔頭，顯出一副愛莫能助的模樣，「爆破犬」走上前去。「是這個東西嗎？」他把「辟邪銀器」掏出來。

「哎！是！是這個了。」小丑興奮得兩眼發光，誇張地跺腳。「你想要什麼？我和你交換！」

「不必了。你拿去吧。」「爆破犬」說。「不過這是贗品，不知是不是真能助你破關。」

「不要緊！我試試，太感謝了！」小丑高興得即席表演拋接皮球。這都是遊戲為角色各種情緒預設的動作。小丑表演過後，一個轉身，雙手一前一後指著「爆破犬」，動作十分戲劇化。「那你有沒有進行什麼任務？看我能不能幫上忙。」

「我在進行叫『易容飛賊』的任務。」「爆破犬」說。

「哦！那個你要小心了！最後的終極頭目很難打，我死過一次呢！」小丑說。「之後我招募了一位同級的玩家組隊戰鬥才勉強獲勝！你要不要招募我做隊友？這個任務兩個人進行比一個人輕鬆得多啊。」小丑動作誇張地比劃。「你可以點按我一下，然後按『招募為隊友』，我同意後我們便可以一起進行任務囉！當作報答你送的道具，任務獎金我不跟你分！」

梁本輝不想有太多與人的牽連，投入格鬥都市，某程度上就是想一個人好好舒展，不必顧慮任何人。「不必了。」「爆破犬」搖搖頭，說罷離開這群聊得興起的玩家。

「爆破犬」繼續走在街上，這時，畫面上方一樣不知何物的東西驀地跳入眼簾。走得稍快一點，恐怕就不會發現這微小的影像。

商店街上一所平房的屋頂上，出現了一頭毛色黃白雙間的花貓，在出色的人工智能輔助下，花貓做出栩栩如生的動作，張開口打了個呵欠後，就把身子蜷縮起來睡覺。

「爆破犬」用俐落的姿勢躍上平房的屋頂，花貓並沒有理會正在走向自己的他。

梁本輝沒有想過，在格鬥都市，竟然有這種與故事本身毫無關係的設定出現。

梁本輝按動鍵盤，「爆破犬」向花貓伸出手，做出想要撫摸的動作。在快要觸碰得到時，花貓突然彈跳起來，流露出一個十分驚慌的表情，把梁本輝也嚇了一跳。

花貓叫了一聲後，又跳過隔鄰的平房屋頂，再次做回剛才打過呵欠就睡覺這組動作。

梁本輝就這樣呆呆盯著畫面好一陣子，直至出現沒有下達任何指令太久的提示響音出現，他才發現已經過了接近半小時，想起還有未完成的任務。

一頭貓出現在這裡，到底有什麼意思？

※※※

檢視一下戰績表，「爆破犬」獲得四勝一和，以及完成一項任務的成績。適才與「易容飛賊」的一戰，「爆破犬」可謂元氣大傷。誠如小丑所言，那是個對新手而言相當高難度的敵人，「爆破犬」陷入苦戰拉鋸。雖然最後他得到相當不俗的獎金、經驗值和獎品，還抽卡得到一顆醞含火系元素的礦石，一切卻是以消耗大量補血丸續命作代價。

若當初並非一意孤行，這場仗會否就打得輕鬆一點？梁本輝暗暗自問。這件小事其實也是自己性格的縮影，因為只願待在自己的封閉系統裡，因此情願陷自己於險境也不願尋求援助。

然而，這種自我質疑轉念消散。

梁本輝兌現了自己的承諾，利用賺到的獎金買下了那對雕刻著火焰圖紋的「烈焰護腕」——世上恐怕沒有比達到自己期望更滿足的事，獨力奮戰的滿足感也無可比擬。梁本輝深深的嘆一口氣，感到舒暢無比。

他瞄一眼桌上的時鐘：晚上十時正。傳說中「萬人敵」突入網絡的時間到了。

「The Fate」世界最熱鬧的時刻到了。數不清的玩家同時登入，也有不少為逃避給「萬人敵」盯上而選擇登出。

梁本輝的神經再次繃緊起來。他打開系統裡的「格鬥都市排行榜」，那是每個玩家都能實時查看的資訊。排行榜的首五位玩家的頭像會列在表上，假如在線上的話，頭像會亮燈。此刻，排行榜上第二、第三和第五位玩家的頭像經已亮起，「萬人敵」的頭像則仍是暗淡。

他了解自己此刻完全不是「萬人敵」的對手，但是，仍然很想看到對方出現，那個一身黑衣戴著帽子和口罩，只看到一雙赤紅眼睛的造型。

在微暗的房裡，十六吋的4K熒幕放出的藍光，令這空間出現一種超現實的氣氛。房間的空氣變得有些悶熱，梁本輝發覺自己放在鍵盤上的掌心，也變得溫熱濕滑。

良久，許多玩家已陸續登出或離場。大家已知道「萬人敵」要是出現的話，必會在十時後首半小時內突入，否則，就是這晚不會出現的意思。

梁本輝喝了一口水，漸漸從絕對投入的意識中，退回到自己身處的房間。

他看到許多有經驗和戰績的玩家都紛紛下線，換上的大部分，都是像他一樣的新手。

他再次看著顯示自己今天戰績的介面，五戰零敗一和。

但他還在意的是，那頭睡在平房頂的花貓，這頭貓令他想到現實世界中的小綠。

梁本輝按掣離線，隨即聽到街道上的車聲，返回現實世界，他想走到街角的便利店買啤酒。還有更重要的是，要看看遊戲雜誌有否公布一些有關「The Fate」的消息。這個沒什麼具體內容的網絡遊戲，現已吸納了大量玩家。在推出三個多月後，它已力壓知名遊戲商推出的喪屍類和犯罪類大作，成為了網絡遊戲界最受歡迎的作品了。

他如常披上那件 Nike 有帽風衣走到街上。現在梁本輝每次走近銀行範圍，就會下意識地抬頭往上望，全新的神獸早已聳立在銀行的頂樓，彷彿那次奇怪的意外，完全沒發生過一樣。

梁本輝在便利店搜尋了所有提及「The Fate」的遊戲雜誌，他發現有相關消息的雜誌已所餘無幾。他隨手翻閱，有陌生的新晉模特兒在訪問中自稱是「The Fate」的玩家，硬照造型是完全不相干的貼身背心迷你裙。他挑選出內容最豐富的一本，與及一些啤酒及小食，便到收銀處付款。臨離開前，他發現電子禮品卡架上，印有「The Fate」神獸的禮品卡的一行已經清空。

一邊喝著麒麟啤酒，一邊回家的途中，梁本輝聽到從幽暗橫巷傳來的細碎語聲。

「……」他再用心傾聽，發現是貓的叫聲，正確來說，是有人在模仿貓叫聲。

他往橫巷望進去，看到真的出現了幾頭貓正圍著一個身影在打轉。

「喵喵……吃多點吧！要乖乖的……小心陌生人……」

梁本輝發現聲音很熟悉，他決定走進橫巷看過究竟，在暗淡的光線下，他發現那個身影是一個女孩子，更是自己認識的人，同班同學——小綠。

小綠和正在進食乾糧的貓群也不約而同，因梁本輝的出現而嚇了一跳。

「梁本輝……這麼巧呢，我還以為是……」

梁本輝向小綠輕輕點頭，一時間不知要說些什麼。難道要告訴對方，自己在玩網絡格鬥遊戲時，在那個虛擬世界上看見一頭花貓，接著想起妳嗎？

不不不。

「看起來你每晚也來這裡。」梁本輝良久才交出這句說話。

小綠神情有些不安：「是的，我每晚都來這裡，附近四周常有流浪貓出沒的地方，我也會去……」

梁本輝看得出小綠這個不安的表情，跟她早陣子在教室裡的哭泣有著關連，然而他內心的另一把聲音，提醒他不要越界，破壞平靜。

小綠看著梁本輝像是等待她說下去的疑惑表情，深呼吸一口氣後說：「你知道出現了虐殺流浪貓的人嗎？」

梁本輝眉頭深鎖。他拿出手機搜尋「虐貓」，按下第一則出現的新聞。

流浪貓兒慘遭虐殺　市民促警方加緊巡邏緝兇

〔本報訊〕近月城南區接連出現年幼流浪貓，被神秘女子以食物引誘，再施以虐待殘殺后棄屍街頭，有市民驚見慘況，致電報警求助，惟接聽人員稱「無人看到事發經過」，拒絕派員到場調查，事件引起愛護動物人士猛烈批評。

報案人范小綠小姐（二十歲，大學一年級生）據知是因家人不準許飼養寵物，但因愛貓天性驅使，多年來一直在晚間帶來貓糧餵飼家裡附近的流浪貓。某個晚上，行經銀行小橫巷時，發現平常很喜歡跟她玩耍的三色花貓淌血倒臥地上，身上滿佈傷痕，范小姐傷心之餘，也仔細觀察，三色花貓身上的傷口都是被利器所割傷，她不排除三色花貓是被人活捉后虐待至死。

但更令她驚訝不已的是，她立即致電報警求助，但接聽人員的回應卻祇是：若沒有人看到貓是如何被虐殺，警方是不會受理的，並叫范小姐致電愛護動物協會求助，而范小姐聯絡上該機構后，接聽職員又指出若貓兒已死，應尋找食物環境衛生署及報警處理。

「我們現階段不能做任何事。」范小姐指出，這就是警方最後給她的回覆，而她只能用手機拍下三色花貓的屍體，然後剛巧遇上打掃街道的清潔工人，目睹貓屍被收拾後才離去。

「我最擔心的事也真的出現了，虐貓兇手接連行動，多次殺害流浪貓，而警方卻只回應我並非『接報不理』和『故意忽略』，可能只是對動物傷亡的認知不足，不知如何立案，我認為實在過分。」現在范小姐只能憑一己之力，以及一些街坊作照應，多些留意在晚上出沒於各流浪貓據點的可疑人物。

有議員指出市民可記下報案號碼，若有任何不滿可以舉報，此外，法律界人士亦指出，市民可以自費為貓驗屍，一旦確定死因是人類虐待，警方就必須跟進。

※※※

晚風吹過樹葉沙沙作響，幾頭本來吃著乾糧的流浪貓嚇得停下來，仿如驚弓之鳥般彼此靠攏畏縮著，令人更覺可憐。

「要是給我碰到那個變態，我會立即開 Facebook 直播公開他的樣子！」小綠瞪大眼睛，堅定而無畏地說。

梁本輝看著這個身型小巧的同班同學，為了流浪貓而完全沒有顧及自己的危險，心中就有一份浮躁的感覺。這個子小小的，仔細看來也不能說是不漂亮的同學，就是有著這份堅毅及正義感。

而更重要的，是這份溫度。

「警員、議員……全都沒有給我信心，那些小貓很可憐，所以，我要保護牠們！」

小綠是對任何事都表現得非常熱心的人，梁本輝曾經看著她熱心地處理分組功課以及班內雜務事項，彷彿也差點被她感染而熱心起來，就像班裡大部分同學一樣。沒有人不被她可愛率真的個性，以及那露出尖尖小虎牙的親切笑容所吸引著。

如梁本輝所料，他從旁看著小綠工作的樣子，總是覺得其他人的熱心，跟她持有的熱心，有著不同的溫度，也就是說，本質上是可以完全不同的。

小綠的熱心是持久的，雖然未見可以達至改變什麼局面的程度，或許只不過是一根火柴劃出來的亮度，但那種火燄本身就是這樣存在。相對其他同學的熱心，也包括梁本輝自己的，若要決定去做什麼，熱心就是取決於計算價值，不管是自覺還是不自覺。

於是，當周遭的人的熱心被其他事項所分割、抽離，跟她近乎是支撐生活似的熱心，就會出現步調不一的情況，中途都會漸漸退開，能堅持到最後的熱心，往往都不過是著眼於小綠那可愛的外貌之上，那是大部分男同學視為的重要價值。

梁本輝看在眼裡，卻沒有刻意跟她接近或疏離，他只是覺得，現實世界的事情，都是那麼複雜而令人疲累，他從小綠身上彷彿看見過去的自己，他期待小綠的熱心早日可以因某項事情而下降，那麼她就變成真正的自由人，就像他自己從泰拳的擂台上退下一樣。

他從思緒中回到現實身處的橫巷之中，喝了一口啤酒，再望向不知何時已被烏雲籠罩的夜空。晚風的力度也增強了，把他和小綠的頭髮、衣衫也吹得動起來。

在他們沉默地看著流浪貓跑到橫巷的深處之間，他們便維持著那種姿態，一直沉默著，幾輛車子在街道駛過後，又恢復了沉靜的氣氛。

直至雨水滴在小綠厚厚的頭髮上。「下雨……」

小綠伸出手，雨滴答滴答地落在她小小的手掌上，她瞇眼，不發一言。梁本輝的目光停頓在她的側臉，雨水沿著她的頭髮往脖子流，頭髮濕漉漉的，小綠此時看來，那麼無助那麼脆弱。他的心頭突然一股燥熱，想用手抹去她臉上雨水的慾望，如突如其來的洪水灌滿他全身。

小綠的睫毛顫抖著，如蝴蝶，深夜蝴蝶。她肩膀微抖，臉頰緊繃起來，說：「梁本輝，你……」，話未說完，小綠突然轉頭，望向小巷深處。

梁本輝褲袋裡的手，緊握起來，他知道他又退到一個很隱密的地方了。

「聽到嗎？」她問。

梁本輝隨她的目光望向小巷，但他只看到黑濛濛一片。

小綠噓了一聲，嘴角泛起一抹輕得幾乎不可見的微笑。

「聽到嗎？」她輕聲說，「是大胖貓。」

梁本輝幾乎是妒嫉了，她的笑有種純粹的溫暖，如荒野裡的一盞燈，不過，那不是給他的，不是給任何人。

她心滿意足，慈愛地、欣喜地點點頭，說：「嗯，這就對了。你知道嗎，我就知道大胖貓會來，不管風吹打雨，不管世界末日。」

梁本輝故意不看她，冷漠地盯著前方。

小綠蹲了下來，喵喵地叫。不一會兒，一團黑黑的影子在小巷裡若隱若現。

首先亮相的是，一對古銅色的大眼睛，在黑暗中閃亮，貓毛被雨水撲濕，貼在身上，但從牠的頭和四肢，依稀可知是個頭大得驚人的貓。這是一隻令人不禁肅然起敬的貓。牠冷冷地瞄了梁本輝一眼，一步一步地走近小綠，頭微斜，喵了一聲，就在小綠的腿上磨蹭。

「嗨。」小綠撫摸牠的頭，「你去了哪裡？」

貓仰頭，喵了一聲。小綠笑了，說：「噢，知道了，你剛剛冒險回來。餓了嗎？」

「梁本輝，把外套脫下，好嗎？」她說。

梁本輝不發一言地把外套脫下，「麻煩替我們擋雨。」她說。

梁本輝雙手張開，把外套拉扯成了一個遮雨傘，小綠和貓躲在裡面。

他聽到小綠向貓訴說瑣碎事，也聽到貓咀嚼貓糧的咯咯聲。

沒多久，他看到又來了兩、三條黑影，是兩三隻比較瘦小的貓，牠們見到梁本輝，警戒地停步，但隨即就若無其事地趨近小綠。

「梁本輝。」小綠叫了一聲。

「嗯。」

「抱歉。」

「為何？」

「麻煩了你。」

「沒事的。」

小綠不再說話。她正望著梁本輝的球鞋出神。他一點也不知曉。

她緊張得手心冒汗。毫無預兆的情景下，遇到他，心蹦跳蹦跳著。

他依然不動聲色，彷彿沒有任何事可以影響他。他在想什麼？他會認為我傻得簡直是胡鬧？她心想道。

不過，沒辦法的事，小綠搖搖頭，憐愛地望著歡愉進食的貓群。

不知是否雨水太多了，她輕輕抹去臉上的水。

「梁本輝，」她說，「你有事忙嗎？打擾了你嗎？」

不，沒有事情等著我去做，我願意呆多久就多久。梁本輝心想。

「不要緊。」他說。

他果然有事要做。小綠黯然地想。

貓吃飽了，悠閒地洗起臉來。

小綠仰望頭頂的外套，突然發現她和貓置身於安全的「容器」，是幸福的，不過，也是短暫的、脆弱的，那種巧合、那種偶遇，令她渾身繃緊。

她又笑了，不過，這樣也很好啊，假如只可這樣。

貓伸了懶腰，對小綠撒嬌，要她的撫摸，然後，才一隻接一隻地緩緩離去。

大貓依然不走。小綠站起來，低頭對牠說：「嗨，保重啊。明晚再見，好嗎？」

大貓喵了一聲，磨蹭她的褲子，在她褲管繞轉，半晌，才施施然地往暗處走去。

梁本輝低頭把濕透的外套捲起來。

他感到小綠的目光在他臉上移動。

他的拳頭又不自覺地握了起來。

他不能回望她，因為他知道，當他回望她時，她的目光就會游走了，游到他不可觸及的地方。

「再見！」小綠邊抹去雨水邊說。

梁本輝遞上外套，說：「用來擋雨。」

小綠搖頭，指一指軍綠色的背包笑說：「不要緊，背包是防水的，我用背包擋雨好了。」背包上的貓鎖匙扣在半空蹦跳搖晃。

梁本輝拿著外套，一時說不出話。

「再見。」他說。

小綠點點頭，轉身離去。梁本輝也轉身，想回頭看，但沒有。當他回頭時，濕漉漉的街頭盡處，已失去了小綠的背影。

他往返家裡的腳步愈來愈快，他突然有預感，「萬人敵」將會出現在「The Fate」之內，他把已差不多喝完的啤酒掉進垃圾箱後，就連跑帶跳的直奔回家，景物在他兩旁一一掠過，而在他眼裡的真實世界，彷彿已漸變成「The Fate」一樣的格鬥都市模樣。

不可思議的是在「The Fate」格鬥的城市街頭，他彷彿見到小綠，揹著扣上貓鎖匙扣的軍綠色防水背包。

小綠的臉繃得緊緊的，眼神有一抹驚恐，但嘴角卻倔強地翹了起來，像一副準備作戰的模樣。

梁本輝微微一笑，她這煞有介事的模樣，每每令他想發笑，她時常以這副認真的表情在校園出現。

偶爾，她想起什麼似的，無故地笑了起來，兩隻小虎牙為她添了稚氣。

他喜歡看到無憂無慮的笑容，不過，只是如此而已。不過奇怪的是，小綠的虎牙卻有點不同，這女孩身上有種與眾不同的東西，似能觸到他心底深處，隱藏柔軟的地方。

她一笑，他就沒來由地緊張起來，像需要全神貫注去迎接似的，待她離開後，他才能慢慢地回味、消化她的笑容。不過，他又是滿心期待地迎接她的笑容。

為何會這樣？梁本輝拚命地跑，要把小綠趕走似的。他不能把她安放於那個危險的「The Fate」城市街頭。

「跑啊，小綠，快跑。」他內心吶喊著。

有關梁本輝這個人

03

小綠往斜坡奔跑找地方躲雨，但她心知不僅是躲雨，她要躲的是心情，如跳進大海般，起伏不休。

雨水撲到她臉上，眼前一片模糊，她熟悉地轉進一條小巷。小巷旁的唐樓被雨水淋成黑烏烏的，頹然之態只令人感到悲傷，然而，屋內的閃爍黃光，如星光，從黑暗掙脫而出，叫人溫暖。小綠覺得。

手機響了。小綠站在唐樓底下，接聽電話。

「小綠，在餵貓嗎？」來電的是同學黃偉強。

「嗯。雨下得真大，貓都不敢出來。」

「你在舊城環地嗎？」

「嗯。」

「得小心啊。」

小綠笑了，說：「放心，這裡其實很安全的。我一抵達這裡，就像回家般。」

黃偉強笑了，說：「真拿妳沒辦法。小綠，下星期我們種植學會辦環保活動，妳能參加嗎？」

小綠說：「可以，沒問題。」

一隻灰黑小貓跑了回來，磨蹭小綠的褲管。

小綠蹲下來撫摸牠。

「太好啦。明天中午，我們在飯堂開會。」

「好的。」

電話掛斷後，小綠取出貓糧，小貓咯咯地吃了起來，不一會兒，小綠腳邊就聚了一群貓。小綠憐憫地撫摸每隻貓。

雨漸漸小了。夜，愈來愈深了。

沿著小路走回家，稀疏的車輛，穿梭而去。小綠頓感疲倦。

她的家在舊城環地的半山上。一幢舊洋樓。

小綠在家門外，已聽到由電視機傳來的巨大聲浪。

哥哥在看足球比賽的轉播。他的吶喊聲，也穿門而出。

「你吃了飯嗎？」他盯著電視，頭也不回地問。

「吃了。」小綠應道，入廚房取了一罐可樂，咕嚕咕嚕地喝著。

「貓還好嗎？哎呀，好笨，怎又被搶走啊？好笨！」哥哥氣急敗壞地拍打大腿一下。

小綠笑了，坐到他身旁。

電視機裡的球場，陽光普照。

「快快快，嗯，這就對啦。」哥哥高興地揮手。

「小綠，貓還好嗎？」他繼續剛才的話題。

「好！放心。」

「嘩嘩，來，這就對了，哎呀，天啊！命運作弄，妳看，怎可這樣？竟然射楣啊。」哥哥好不心痛地說。

小綠站起來，拍拍哥哥肩膀，說：「嗨，他們贏或是輸，你還是喜歡他們，對吧？」

哥哥傻呼呼地笑了，說：「當然。」

小綠笑了，轉進自己的房間。

她把背包放到牆角，脫掉濕漉漉的衣服，換上乾淨的T恤。「嘭」的一聲，她躺到床上，盯著天花板。

床邊貼著一張貓的海報，海報裡的貓，毫無畏色地盯著前方。

桌子上擺滿雜貨，一個貓形小鬧鐘滴答滴答地行走。

小綠抱起一隻軟綿綿的黑白小貓公仔，頭陷入貓公仔內，思緒卻浮現，雙手禁不住在棉被裡搜索手機的蹤影。

小綠仰臥床上，雙手握著手機看自己的Facebook專頁，一個關注流浪貓的專頁。自發生虐貓事件後，專頁增加了幾十個讚好，接近六百個粉絲。

有關三色花貓被虐殺的事件報告，在發表貼文的第十天，合共有一百三十八人作出回應。雖然大部分都是懷著善意的熱心打氣，叫小綠不要放棄追查事件的真相，甚至有小部分愛護動物的網民，願意在金錢和人力上作出協助，什麼願意出錢驗屍，以便證實警方等人不力，還有組織追查殺貓兇手的自衛隊，但是，小綠了解這些做法，都是無補於事，不切實際。

她呆呆仰視著手機熒幕的同時，不禁回想自己剛才向梁本輝所説的，要保護流浪貓，公開變態狂徒的容貌。那是多麼幼稚的説話，怪不得令到對方無言以對地離開了。

看著梁本輝拿著啤酒罐跑去，他的背影，令小綠想起第一次看見他的時候，而這只是屬於她自己的記憶。

小綠起身打開手提電腦，開啟了一個資料夾。在資料夾上，有一張用手機拍下的照片，雖然看起來有點朦朧，但還是看得出來，梁本輝光著上身，展露健碩身型站在擂台上，若有所思。

小綠看了良久，又打開了一個文件檔案，內裡滿是密密的文字，採用了粗黑的標題：「有關梁本輝這個人」。

有關梁本輝這個人——

這天跟哥哥到了一間社區中心送貨，這幢五層高的舊建築物裡，位於地下的是一個泰拳的練習場，有很多不同年紀的人在揮動著拳腳，隨著風扇流動的空氣，傳來一陣潮濕的汗水氣味。

若不是這天我的心情特別好的話，是絕對不會跟哥哥的小型貨車來到這裡，我住了這個城南區已經十八年了，卻一次也沒有走進這幢殘破的舊唐樓，除了那裡有我最喜歡的貓出沒吧？我覺得這裡其實很適合飼養一頭貓，為什麼呢？也許是這裡的氣氛，很適合貓居住吧？又或是，眼前的風景若出現貓，一切會變得更美好的。

我也實在不明白，到底這個社區中心為何可以經常弄壞和弄丟這麼多滑鼠、鍵盤、喇叭、耳機、USB、記憶卡……哥哥說這裡大約兩個半月左右，就要補給一定的電腦配件。哥哥很喜歡送貨來這裡，他每次都跟我說，爸爸媽媽就是在這裡學習唱戲而認識的，我沒有清晰的回憶，因為他倆離開這個世界時，我年紀還是太小了。

哥哥每次送貨後，總喜歡跟那裡的職員談天說地，我懷疑他喜歡了一個束著頭髮的清秀女文員。他每次跟她說話，格外開懷，平日的哥哥只是沉默地在家裡看電視，喝了一罐又一罐的啤酒，他的腰圍加粗了！已不像他在讀書時期經常做運動。

不知是出於什麼原因，哥哥放下紙箱，跟女文員聊天後，卻仍然站在泰拳館的入口前，看著擂台上兩個男子激烈的比試，也許是出於男人愛好比拼的心境吧？

我也不知怎樣形容，戴紅色保護頭套的那人，彷彿很輕鬆地、隨意地，在一瞬間把戴藍色保護頭套的一方擊倒在擂台的地板上，似乎只要那個人下定決心，就可以輕易地結束這場較量。

戴紅色頭套的男子把倒地的藍色一方扶起來，接下就把頭套除下，拋給旁邊的其中一個觀看者。

我跟這個年紀與自己差不多（應該是吧？）的少年四目交投，我記得他真的望著我，但又不似是望著我，彷彿他眼前有一個透明的空間。

不知為何，我感到臉龐有些發熱，我的手緊張地抓著自己短裙的裙擺，現在想起來也十分不好意思呢！空氣飄來的，再不是那些令人呼吸困難的汗水味，而是似放入太多砂糖的甜膩咖啡似的，為什麼我有這種聯想呢？我向來不太喝咖啡的啊！我更偷偷地用手機拍下他的照片！

後來，我看到那少年使用的儲物櫃，很正大光明地貼著自己的名字：梁本輝，我就知道他名叫梁本輝了。這是因他離開擂台後，跑到那排列得密密的狹小儲物櫃前，打開位於中央的那一個櫃時，被我看到的。

那個下午，為什麼我會被這個名叫梁本輝的人抓住了我的心呢？我自己也不知道，現在回到家裡，哥哥跑了去酒吧，剩下一人的我，周圍卻充滿他的身影，他從擂台上流露出那迷惘的眼神，跟我似有還無的對望，有一種熱暖的、不可思議的感觸久久留在我心，一直沒有消失，他的眼神，好像在區內見過那頭兇惡的流浪貓一樣，有一種奇妙的憂傷感。

後來也有兩次跟哥哥到過社區中心，可惜只是再見到他一次，那次他正沉默地聽著師傅說些什麼，這是我最後一次在那拳館看到他，而另一次再去的時候，才知道他已退出，不再練習泰拳了，據知他本來有很大機會代表社區參與代表隊的選拔賽，但他不知為何卻放棄了！我無法不想起他那憂傷的眼神，沒想到，我進入大學的第一天，就發現這個名叫梁本輝的人，就坐在我的身後靠左的位置，他竟成為了我的同學！

我是一個很討厭下雨的女孩，基本上就是對於水有著根本的抗拒吧？我跟貓一樣忌水，所以至今也沒有辦法學懂游泳，不時在喝水時也會彷彿游水一樣，給水嗆到而猛烈咳嗽，所以我極其量也只會在海邊散步而已，但是，下雨的話，我就沒法子躲避了，除非是留在家中吧！所以我永遠也隨身帶著伸縮雨傘，貓是不能沾濕身體啦。

雖然我很討厭下雨，而第一天上大學就下著滂沱大雨，但今天還是很慶幸，甚至可以說是人生中第一次覺得下雨也不錯，因為這天竟然遇上了梁本輝，我一直覺得他該已經是大學生了，而且他看起來也確實比同班同學們年長一點，但沒想過他也是大學一年級學生，而且更重要的是跟我同班呢！

我的眼神，正確來說只能看到他的側臉，仍然流露著那份帶些無可奈何的憂鬱，到底為什麼呢？他發生過什麼事情，令他不再去社區中心的拳館裡練泰拳呢？

雖然他看起來像是很自在地身處教室裡，跟其他同學的相處和交談也很輕鬆，但我就是覺得他滿懷心事似的。

轉眼間已過了一星期，事實上所有同學們都早已彼此混熟了，甚至有些看起來已準備走在一起談情說愛！大家對於其他人的性格、喜好、朋友類群、家庭背景都已經清清楚楚，這個當然並非完全透過現實上的溝通交流，靠的都是 Facebook、IG、Snapchat，還有枱底下無數的，只有兩個人彼此知道的 Whatsapp 和 Line 私訊和貼圖等等，都是虛擬網絡的溝通。男同學更會在玩網絡遊戲時一併聯誼聊天，看起來大家真是相處得非常愉快，就像是認識了很久的朋友一樣。梁本輝看起來都是樣，他更曾經過來問我借筆記抄寫，還對我很禮貌地點頭微笑！這令我十分開心！

我留意到梁本輝很喜歡 Nike 這個運動品牌，當然班裡也有不少人穿上這品牌的衣服，但他卻穿出別有一番感覺的味道，也許是我知道他是一個懂得泰拳運動的人吧！他舉手投足就是一派運動員的形態。

他那頭濃密的短髮，看起來有點硬，但永遠都似剛剛修剪過一樣整齊，跟他那有點像漫畫人物的濃厚眉毛十分相襯，笑起來時有一種令人感覺很安全的滲透力，之前我覺得他像一頭有些兇惡的貓，但相處下來，我現在覺得他像一頭健壯又和善的狗狗，感覺就像是柴犬那種令人打從心底裡就信任、喜歡靠近的狗狗一樣吧！把梁本輝形容為狗狗，好像有些不好意思呢！但也沒關係吧！反正他不會看到我這些文字。

班上許多不同的活動也逐步展開了，我很理所當然地被安排去做統籌的人了，這件事情對我來說見怪不怪，從小學時代開始，就一直被老師和同學安排去做這個，也許是個性使然，我的性格是不能任憑事情存在，而不去盡快完成的人，我猜除了吃飯緩慢之外，其他事情也總想努力去做，並盡快將之完成。

再繼續寫這段文字，已經是一個星期之後了。

今天無論多疲倦也想寫，因我發現梁本輝不知為何變得沉默寡言，而且，本來他的話就不多，現在更呈現一個徹底沉默的狀態，每天都沒精打采的望向教室外，又或是見他匆匆趕回學校，轉眼間又跑著離開。

某天我看見他的手臂貼上了膠布，也許是操練傷了吧？難道他回去社區中心了？這天晚上在去找街上的貓貓前，就走到那拳館看看，可惜不見他的蹤影。

據其他同學說，梁本輝不久前遇上一個意外，差點被半空掉下來的大石擊中！但事情的真相到底是怎樣呢？從來沒有人得以證實，我本來很想親口問他，但他似乎好幾天沒有回校，只是偶然在某些大家也有選修的課堂上出現，當然也是來去匆匆！我跟他也有看到彼此的存在，想跟他打聲招呼，但他卻只是目無表情的看著我，令我也不知向他交出什麼表情才好！之前我送給他的柴犬扭蛋，不知道他有沒有拆開呢？

梁本輝這個人發生了什麼事情呢？

※※※

小綠看到自己寫的這篇文章，胸口傳來一陣傷感，因為之後就發生了流浪貓慘被虐殺的事件了。

她想起那天在教室內忍不住哭起來的一刻，梁本輝還是匆匆離開了教室，在他踏上大門前跟自己四目交投，梁本輝的表情很複雜，濃濃的眉毛緊緊的糾纏在一起。可是他還是一言不發地離開，就像剛才在街上看到他一樣，到底有什麼東西吸引著梁本輝？窗外的夜空終於灑出大雨來，擔心著流浪貓安危的小綠只能對著電腦默默流淚。

貓公園

04

還是相差了一點時間，於是一切都這樣子錯過了。

即使梁本輝疾步飛馳，連跑帶跳回到家裡，他透過熒光幕所看到的，只是無數「The Fate」的玩家們，正喋喋不休地討論著剛才發生的事件。

「萬人敵」在二十分鐘前突入這個格鬥都市，接連把多位玩家迅速解決，其中更包括位列格鬥排行榜第二位多時，名為「尊者」的紫級玩家。

當梁本輝化身成「爆破犬」進入格鬥都市內，「萬人敵」早已消失得無影無蹤，那些被「萬人敵」擊倒的玩家，也紛紛離線不作逗留，「萬人敵」在虛擬世界將他們打倒之外，他們在現實世界的本體，所受到的傷害似乎更是巨大。

「他到底是用蛇形拿法，還是白鶴派的一路？」

「那個紫級玩家使用的巴西古柔術已經是一等一的厲害了，沒想過還是這麼快被打敗了。」

「別傻了，『萬人敵』用的怎會是中國功夫？有這麼土嗎？」

「我認為他用的好像是混合格鬥技，似是某套電影曾拍攝過的風格。」

「好像？」

梁本輝的「爆破犬」走到聚集傾談的人群之中，用心觀看畫面右邊對話框裡，速度如行雲流水般捲動的文字內容。

看來大家都十分熟練打字，速度快得梁本輝不得不全神貫注看下去。

站在「爆破犬」身旁的，包括各式各樣的格鬥家，穿著柔道袍的、一身粗衣麻布的醉拳高手、接近完全是古裝打扮，恍如三國志戰將卻穿著球鞋的不倫不類傢伙等，也有看起來份量十足的摔角手、全身塗滿迷彩圖案的軍事狂人。「爆破犬」在他們身旁，可以說是毫不起眼。

「是的！是那種叫MMA的混合格鬥技，現在於歐美很流行的。何況從來也沒有人知道，『萬人敵』是否居住在我們的城市。」

「對啊！沒有人知道他的真面目！」

「我覺得差不多是時候向系統管理方面投訴了！對我本人來説，十分討厭那傢伙的行為！」

「哈！也許本來就是系統安排的角色！令我們為此引起討論。」

梁本輝心裡暗暗認同。畢竟進入「格鬥都市」參加戰鬥的，都是花錢的客人，這個令大家著迷不已的地方，亦是由玩家支付的月費及購買裝備增值卡的費用所建築而成，網絡遊戲公司——也就是神獸銀行的子公司，自然會準備各式各樣的活動、理由、事件，令全城的玩家繼續乖乖的每月準時付費戰鬥下去。

準時付費是務必注意的事情，他下意識地望向牆上的月曆，距離繳付月費的時間尚有十天。

一名採用頭戴防毒面具造型的玩家否定了「萬人敵」出現乃系統安排的設定。

「那些動作、節奏，甚至是角色的走路動作，都充滿一種霸氣，我覺得這並非能靠電腦的計算而做出來！我是親眼見過他的厲害的。」

「哈哈！難道你就是系統管理員之一？你似是在賣力宣傳呢！」

「我也覺得近來多了一些新手加入，也許『萬人敵』事件也真的發揮了功效，吸引了這類新玩家繳費進場吧！」

那個連眉毛嘴唇也染滿迷彩圖案的軍事狂人，用很輕佻的姿態指向站在身旁的「爆破犬」。

「連『紫白金青』的等級也不是的傢伙，來這裡也只是浪費金錢罷了。但事實上，也得多謝這新手的登場，讓我們可以舒展筋骨，把能力數值增強了吧！」

「我曾經被『萬人敵』打敗。」

「什麼？」

「不是吧？」

「是真的啦！你看他的戰績表就知道。」

梁本輝打字的速度比他們實在慢得可憐，令這班熱衷於討論的玩家等得極不耐煩。

「打字這麼慢，真是受不了。你是第一次玩這類在線遊戲的吧？」軍事狂人繼續在言語上挑弄，似乎想急切地跟「爆破犬」來一場格鬥。

「你也真夠運啊！『萬人敵』為何會選你這種初級者來格鬥？」使用醉拳的麻布大俠，相信是個較為容易相處的人。

「大概是他喜歡打倒強敵吧。」梁本輝見他們說了這麼多話之後，終於把文字打完。

「強敵？」

「？」

「朋友，你只是新丁吧了。」

「哈哈。」

軍事狂人大喝一聲，向「爆破犬」擺出戰鬥的姿態，靈活多變的拳腳招式，揮灑自如地展現著，其他玩家也紛紛退後戰鬥波及的範圍。

「待我去教訓你吧！『強敵』！」

「他知道的，他知道我一定會變得很強吧。」

梁本輝在房裡也同樣地跟「爆破犬」輕聲說著。

書桌上的燈亮著，照亮梁本輝房間的一角。

電腦閃著慘白青光，灑在電腦上面的牆壁。

牆壁上，隨意貼滿了數張相片。相片中的梁本輝，頭髮剪得極短，穿著運動背心和短褲，和一群曬成古銅色皮膚的男孩坐在足球場裡，他們笑容燦爛，如陽光。一張是梁本輝贏了泰拳獎杯的相片，他的嘴角瘀傷，笑得嘴都歪了，正被同伴高舉起來。

相片裡的梁本輝青澀、快樂，和此時的他成了鮮明的對比。

微光灑到一個小書架上，翻得陳舊的日本漫畫書隨意地倒塌著，書架上，張貼著電影《的士司機》的海報，海報一角捲了起來。

書架上各種的運動獎杯蒙了一層灰塵。

梁本輝堅定地凝固於電腦前，他就像不會回頭般，正如，他已漸漸不再回望以往的歲月。

※※※

小綠腦裡想著許多事情。

想著城南區議員至今尚未回應，有關虐貓事件的對策。

想著老師曾在飯堂吃過咖哩後食物中毒的事情，自己當天也有吃過相同的飯菜，身體卻沒有半點問題。

想著轉眼又已經過了一個星期，梁本輝終於創下了全新的紀錄，整整五天沒有出現過，不管是教室、圖書館、飯堂，以及在夜空下的街道。

小綠曾經期待過，在那「神獸銀行」附近的橫巷裡，她跟那些已經長大了不少的流浪貓玩耍時，梁本輝又會穿著他那件形影不離的 Nike 外套，拿著啤酒出現在她身後。

其中一個晚上，小綠真的感覺到身後出現了人，奈何那種感覺，隨著她的回望而立即消失。而那個晚上，流浪貓兒們也似乎食慾不振，紛紛躲起來不肯露面。

在這個想著很多事情的黃昏，小綠走進了城南區的一個小公園，一個位於住宅區裡，比其他地區的公園來得較大的公園。

所謂較大，事實上是由於城南區屬一個被忽視的角落，許多公共設施都不像其他積極發展的地區，會在一個時期後自覺地進行更新或維修。

巴士站沒有市中心常見的大型燈箱廣告牌，只因為這區居民的消費力，並不是各大品牌所著緊的，但是所有候車的居民是要忍受強烈日照，又或是狼狽地提著雨傘，抵受日曬雨淋——這裡的巴士站都沒有簷篷，所謂巴士站，只不過是路邊豎立一個重甸甸的鋼鐵標記罷了；在商業地段、人流暢旺的地區上能看見的建築，在這個地方都不會看見，城南區就是這麼一個被人漸漸遺忘的舊式地方。

小綠在晚上會來這個公園看看流浪貓有否在此出沒，但能遇上的並不多，而且那裡的貓兒是極度不信任人類，個性亦非常兇惡及滿有防範，不管小綠如何用食物去逗引牠們，貓兒們就是隨即逃入沒被打理的草叢之中，失去蹤影。

其實在小綠家後也有一個公園，可是那裡已經被一些老人家固定佔據了所有的位置，甚至連坐的位置都被固定。於是，小綠更喜愛這個從她居住的地方，花十數分鐘走過來的公園，小綠私自把這個地方稱為「貓公園」。

每次小綠走進這個貓公園，往往都是心情不好，又或是被生活上各種事情逼得透不過氣來的時候，她會獨個兒走進這個貓公園，並往這個呈橢圓形，備有沙堆、滑梯、搖搖板、鞦韆，周遭被深綠色樹木和植物所形成的籬笆包圍的社區設施，讓自己好好靜下來，之後才回家。

小綠來到貓公園的盡頭，在最後一張長椅上拋下手中的布袋。她坐下來，在黃昏時段，看著不同年紀的媽媽們到市場買菜後，讓其孩子在這個公園裡跑來跑去，自己則會跟其他年紀相若的媽媽，討論某間超級市場出售的罐頭價格，比起鐵路車站旁的藥房昂貴了兩元的這類話題，此外就是有關孩子在升上中學時，要在之前作好準備的各種事情。

這天也不例外，小綠扭開了寶礦力的樽蓋，大口大口喝著的同時，那些媽媽們依舊喋喋不休在說著類近的話題。

一個身材高挑的女子，帶著一頭龐大的狼狗，想要進入貓公園之際，隨即被媽媽們喝止，其中一個媽媽面露不悅，指著入口處豎著的告示牌：「禁止攜犬入內！」

那個女子的帽子壓得很低，坐得較遠的小綠沒辦法看清楚她的樣子。

她想起以往在這裡曾經發生了因犬隻闖入，把小孩子嚇得東奔西跑，結果做成小孩撞向鞦韆受傷的嚴重事件。而在事件發生之前，這個公園偶然也有人帶著細小的犬隻進來玩耍。

女子不發一言，跟大狼狗站在公園入口處，令那些媽媽們感覺有些異樣，在氣氛漸漸變得緊張之際，女子卻拉著大狼狗轉身離開。

她的突然轉身，正好快要撞倒一個途人，剎那間，對方卻用快速靈巧的動作避過了。

小綠放下手中的寶礦力，她看見避過了女子和大狼狗的人正是梁本輝。

小綠繞過沙坑那邊玩耍的孩子們，向貓公園入口處的梁本輝搖動手臂，可是對方卻似視而不見地離開。

媽媽們都望向小綠，既沒有露出表情，也不發一言，小綠向她們露出一個「不好意思，打攪了！」的抱歉式微笑，但這群女士們還是一個樣子的，只是一直盯著小綠，就像小綠這年紀的少女，實在不應該出現在這公園內般。

小綠放下了凝在半空的手，沒有理會這群媽媽，走出公園外。

她眼前的梁本輝，手中正拿著一個小巧的布袋，以一貫急促的步伐前進，那個戴著帽子的少女，則拖著大狼狗橫過馬路，走到公園對面的道路離開。

小綠看著梁本輝結實的背部，眼睛流露疑惑。

「嗨！梁本輝！」她向著跟前的背影喊道，梁本輝隨即轉身過來。

公園內的媽媽們也幾近在同一時間，紛紛從公園入口探頭而出，雖然還是沒有表情，但從她們的肢體動作已了解到，她們對小綠產生好奇。

梁本輝望著小綠，沒有回應，有點勉強似的展露出一個微笑。

小綠對他也回報一個微笑，並且揮著手示好。

走近梁本輝跟前，她發現自己的感應對極了，剛才看到他的背影，就感覺到有些不對勁的地方。

眼前的梁本輝，臉上長出了有些凌亂的鬍渣，烏黑的眼圈包圍著沒有精神的雙眼，向來打理整齊的短髮也變得像公園內叢生的草般，不受控制。

是一種打從心底裡浮現的疲累感，滲透了梁本輝的全身。

「梁本輝，為什麼你不回學院？」小綠輕聲問。

梁本輝只是輕輕地揚起眉毛，接著緩慢地搖起頭來，似是在回應小綠的問題：

「我自己也不知道喔。」

「梁本輝，你生病了嗎？樣子看起來很糟糕啊！」小綠的聲音提高了少許，她不喜歡梁本輝這種態度。

梁本輝低頭望著地面，看到有五、六個煙蒂扔在那裡，他用腳尖淺淺的掃著，把那些煙蒂撥到路邊。

小綠一直看著他這組動作，一輛巨大的貨車同時在馬路駛過。

「梁本輝……」小綠這次是用叫的。

「多謝你送給我的柴犬扭蛋。」梁本輝終於開口說話。

小綠的心頭一震，沒料到他竟然用這句說話作回應。

「梁本輝，你……不要客氣。」小綠感覺到自己臉上發熱，她希望梁本輝沒有留意。

「我一直也想多謝你，那柴犬扭蛋現已放在我的電腦旁邊。」他說著的同時，眼睛望向那些十分關心他倆對話的媽媽們。「現在梁本輝看來已無人不曉了。」

媽媽們隨著小綠的回望，都紛紛退入公園內。

「她們會在討論別人的八卦、兒女健康、老爺奶奶及丈夫的牢騷，又或是購物資訊這些話題吧。」小綠笑起來。

看見小綠的笑容，梁本輝也同時笑起來了。

「我想……我暫時也不能回校上課了。」

「有什麼問題嗎？」

梁本輝輕嘆一口氣：「沒什麼的，只是我媽媽身體有些毛病。」

「所以你要照顧她？」小綠的眼睛瞪得大大的。

梁本輝點點頭：「也不是什麼大毛病，是弄傷了腰骨，職業病。」

「那麼，你需要些什麼的，儘管告訴我吧。」

梁本輝一時之間不明白小綠的意思，只感到眼前這女同學的表情，好像是一頭貓。

「例如筆記之類的東西，你不能回學校拿的東西等等。」小綠一邊說，一邊點點頭。

「啊……那麼就先多謝了。我看暫時也沒有什麼東西是必須拿取的。」梁本輝也跟小綠一樣點著頭。

小綠感到梁本輝心裡有一股不知如何擺放的焦躁情感，她不知如何接著對方這句話說下去。

虛偽

05

梁本輝探頭一望，看到來自母親房間的光源，黃昏的日照仍然強烈，透過窗戶射進那狹小的客廳之上。

「回來了？」他的母親緩慢地從房裡走出來。

「媽，幹嗎不多休息，起床要喝水嗎？」梁本輝把手上的布袋放在餐桌後，走向母親旁邊扶著她。

「睡得太多也不是好事，何況我這年紀已真的不能夠如你般，可以隨時隨地熟睡十個小時。」她向兒子微笑著說。

「腰……還是很痛嗎？我已買了膏藥回來，還有晚上吃的東西。」梁本輝一邊說著，一邊偷偷注視母親微笑時，臉上所呈現的笑紋。

「醫生已跟我說過，沒大礙的。今天我們吃什麼？」

「我煮三色蒸水蛋。」

「哈，你小時候，我經常做給你吃，你似乎無論吃多少遍，也是津津有味，後來你開始上拳館練習，不知怎的就沒再沒這麼喜歡吃。」

「我很少回來吃飯嘛。」梁本輝伸手輕撫自己臉上的鬍渣，眼睛投向地上的光線。

「我也忙著上班，也不是可以像以往經常做飯給你吃呢。」

梁本輝聽到母親這樣說，更是不想望向對方，但他清晰地感覺到，母親臉上正泛起抱歉的笑容。

「媽，那卡拉OK的工作……不若算了吧。我想自己應該可以找……」

梁本輝還沒說完，母親伸手抓著他的手臂，收起了笑容：「總會有這一天，但我並不急於你在這時候找工作，你還是好好度過大學的生活吧。」

聽著母親的話，梁本輝默不作聲，只是把她扶到沙發上躺坐著。

他想開口跟母親說，對大學生活不感興趣，然而他看到眼前這個中年女人臉上的疲累，一份內疚的心情滲透全身，令他更是沉默。

「我過多幾天便可回去上班了，你不用擔心我。」

梁本輝能夠做出的反應，只有輕輕的點頭。

他站起來，從布袋拿出蛋和菜，放到那開放式廚房的廚盆上，選擇背向母親。

良久，梁本輝背後傳來母親的聲音：「你也不要再待得太久了，是時候回去了。」

他以為母親不知道自己嚴重曠課的事情，只好回應：「嗯。」

待母親熟睡後，梁本輝把碗碟洗淨，接著就走到街上跑步。清涼的晚風吹送下，路上出現了幾對牽手的情侶，看來應是一起吃過晚飯後，踏上歸家的路途。

梁本輝想起母親在卡拉 OK 跌傷腰前，自己已經變成不到凌晨二時後，便不會走到街上的人。

在「格鬥都市」成績愈來愈好的同時，他跟現實世界的聯繫則愈來愈少。

「爆破犬」的存在價值大於梁本輝。

這個晚上因著母親的一番說話，令他整整一個星期強忍著沒進入「The Fate」，沒有「爆破犬」出現的一夜，那個虛擬的世界將會怎樣？他守候了很久的「萬人敵」，又會否在這個他缺席的晚上突入格鬥都市之內？

梁本輝在房間聽歌，他突然豎起耳朵，輕輕地站了起來，走到走廊。走廊非常寧靜。

梁本輝躡手躡腳地走到母親房門。

他停頓不動。房內的母親一陣緊一陣慢地咳嗽著。

「還好嗎？」他輕敲門。

母親咳了數下，說：「沒事沒事，快去睡，明天還要上學。」

「喝水嗎？」

「傻孩子，我床頭不就有一杯水嗎？你剛才已斟滿了水。」

「噢。」

「輝，我只是輕咳，空氣不好。現在好多了。不要擔心。」

「晚安。」

母親輕輕笑了，不久，他聽到母親躺下的聲音。

他依然沒動，直至聽到母親睡著的深深呼吸聲，他才轉身離開。

他的手掌又不自覺地握得很緊。

幾天後，母親上班了。她清減了不少，皺紋看來更深了。

「輝，窗戶記得關緊，恐怕又要下雨了。」她說。

「嗯。」梁本輝應了一聲。

母親離開後，梁本輝站了起來，凝望窗外，天空烏雲密佈翻滾，如一頭欲掙脱鎖鏈的巨大野獸。

不知凝望了多久，他猛地回過神來，關上窗戶，熄了燈，穿上外套，帶上一把伸縮雨傘，鎖上門，離開了家。

母親工作的卡拉 OK 在鬧市區。車輛擠滿馬路，表情嚴肅的人們擦肩而過。已是晚上十點多了，但鬧市依然不疲倦似的。

梁本輝乘電梯抵達卡拉 OK 門口，迎接他的是一個滿臉疲倦的女郎。

「先生，幾位？訂了房嗎？」她的聲音沙啞。

「嗯嗯，沒訂，一個人。」

她翻看一下紀錄，說：「剛好有間小房，308。」

一個穿制服的瘦小侍應悄然無聲地走來，木無表情地說：「先生，請隨我來。」

梁本輝沉默地跟在他後面。走廊狹小，如走在船艙裡，每個房間都傳來歌聲，或哀傷或歇斯底里或激昂，那些歌聲，都是為自己而唱的。

梁本輝坐在一間昏暗的房間裡，侍應離開後，他頓然不知所措。

現在，他要做什麼呢？

不一會兒，有人敲門。

他沒回應，門卻開了，有一個小小的頭顱探頭進來。

一個齊耳短髮的啤酒女郎。制服看來有點寬鬆，顯得她更細小。化過妝的眼睛，精靈生動，塗了粉紅色的嘴唇微微掀起：「要來一杯啤酒嗎？」

她的微笑很熟練，久經訓練，她知道這種微笑最動人。

梁本輝點點頭，她輕盈地斟了一杯啤酒給他，說：「我叫莉莉，有需要再叫我。」

她回頭一笑，貓般地離開。

她多大了？二十歲左右嗎？為何在這裡？如此不分白天黑夜的工作，將令她消耗，將來她也是除了疲倦，一無所有嗎？

他想起母親，十分揪心。

他走了出去，往洗手間去。

男廁在清潔中。他站在暗處探頭一看，看見母親拿著地拖來回地清潔地板。

走廊傳來腳步聲，他回望去，是莉莉，她托著一盤啤酒，對他微笑。

梁本輝低頭走回 308 號房。沒多久，莉莉又來了。

她詫異地瞄了電視一眼，問：「不唱歌？」

「突然失去興趣。」

莉莉又笑了，說：「那啤酒呢？」

「請再來一瓶。」

「經驗告訴我，來這種地方借酒消愁，最傷身的。」

梁本輝不禁笑了，怎麼一副老人家的口氣？

「見過很多這種例子？」

「不，從未見過有人來卡拉 OK 而不唱歌。」

梁本輝呷了一口啤酒，這種啤酒不適合他，他不過因見她辛勞而叫的。

「你沒打算告訴我，對吧？你的心事。」

梁本輝驚訝地看她一眼，有誰會在這地方吐心事？

她點點頭，好像明白他的想法，說：「很多人在這地方吐心事，一塌糊塗的，不過，他們一離開就忘掉了。」

外面有人叫她，她又輕盈地離開了。

過了一會兒，梁本輝又溜出去。

這次，母親在女洗手間，她在勸一個嘔吐的女孩別喝太多。

女孩臉色青白地走出來，搖搖晃晃地消失於走廊的某個房間裡。

他聽到母親嘆氣嘮叨一句。

梁本輝心中一痛，他好像該走了。

母親彎腰的側影落入他眼裡，當她的頭髮垂了下來，她撂起來，夾到耳後，然後艱辛地站起。

梁本輝迅速躲進牆角，母親的眼神好像瞄了過來。

他悄悄地回到 308 號房，只見莉莉雙臂合抱地看著他。

「是你親人嗎？」她問。

「誰？」

「洗手間的阿嬸。」

「母親。」梁本輝直視她，坐了下來。

她淡淡一笑，說：「抱歉，我留意起來。」

「嗯。」

「抱歉。」

「我該走了。」

她彎下腰，望著他，說：「你來探望她，為何不讓她知道？」

因為不想她看到我的憂心。梁本輝心想。

「我知道，」她假裝斟酒，「你關心阿嬸，她好像才病癒，是個很好的人啊。」

我知道。梁本輝沒好氣地瞄她一眼。

「你說人還真是奇怪呢，有時候，明明在意的人，偏偏在表面上就顯得更冷漠。明明決定再見到他時，一定要很溫柔地待他，至少，讓他知道你的心意，不過，很奇怪，每一次，就是做不到，搞糟的情況，好像更多。」她嘆了氣。

「你說的是你喜歡的人嗎？」梁本輝說。

「嗯，雖然，愛情和親情有點不同，不過，『情』字，都一樣吧？」

「我是母親的負擔。要不是我，她無需如此辛苦。」

「嗯。我們每個人都曾是某個人的負擔。傷害，好像是難免的。」

她說的是愛情吧？兩人說的好像是不一樣的東西，但梁本輝卻一點也不介意。

「傷害發生了，如何處理？」他問。

她搖搖頭，說：「愈親密的人，傷害愈大，不過，因為有親密，我倒不介意傷害。不是說歡迎傷害，而是說相比之下，傷害倒不重要。」

梁本輝笑了，說：「妳倒豁達。」

「不不，而是在過程中學習。」

不過，他沒學懂，所以，他的黑暗在擴大。

「雨傘是留給阿嬸嗎？」她突然問。

梁本輝才想起此趟到來的本意，他點點頭。

「我替你把雨傘給她，你回家吧。」她說。

梁本輝站起來，莉莉更顯得嬌小。

他走出去，莉莉叫住他，說：「從後門走。」

「為何？」

「別管，隨我來。」

梁本輝竟然隨著她，她好像一頭小豹般敏捷，遊走於迷宮般的走廊。

她推開一道門，說：「走吧。」

他回頭，看到的是她的微笑，以及揚揚手中的雨傘，「嘭」的一聲，後門自動關上。女郎消失了，只剩門在吱吱地搖晃。

梁本輝每天想著許多事情的同時，總會在不知不覺中跑到貓公園的附近。他的慢跑鞋踏過路上的煙蒂，走進空無一人的貓公園內，正好跟一頭灰色的流浪貓四目交投。

灰色流浪貓看見梁本輝，輕輕的叫了一聲便站起來，走到較遠的椅子上，眼睛一直沒有離開過梁本輝。

梁本輝沒有理會貓的目光，他一聲不響就在地上做起掌上壓來，連續做了五十次，他站起來不斷喘著氣。

他有揮動拳頭的衝動。

梁本輝環視貓公園，除了那頭滿帶警覺的灰色流浪貓外，完全看不見半個人影。

他渴望像「爆破犬」一樣隨心所欲地施展泰拳，擊退每個前來挑戰的敵人，讓他們倒在那虛擬世界的街道上。經過投放大量時間練習及實戰，「爆破犬」現在已是成績出眾的高手，更有一次擊倒紫級選手的紀錄，已沒有實力普通的人向他提出挑戰，反而是向他請教操控心得，又或是純粹聊天的較多。

在現實世界中的梁本輝，卻選擇沉默。

站在貓公園內的他，還是沒有擺出姿態，揮出拳頭。

因為他找不到原因，他根本看不見敵人的存在，這也可以解讀成為：本身就沒有被注意到，不管是從任何方面去看。

就像他到大學去，卻不明白當中有什麼特殊的目的。

「要擊出拳頭，至少也要知道目標吧。」梁本輝低聲地自言自語。

他盯著遠處已開出芳香果子的桂花樹，為繁茂的樹葉添上一點點的色彩，煞是好看。

每年來到這個時份，這棵桂花樹都會準時地長出花朵。梁本輝記得還是中學生的時候，都在桂花盛放時，摘下來給母親呼吸香味。他現在看到桂花樹長出小花，有種說不出的感覺湧上心頭，像在告訴梁本輝，時間在不知不覺中逝去。

從小開始鍛煉泰拳，令他深切體會那種真實感，對他來說，泰拳就像是成長的記憶一樣，或是反過來看也是相同的。

他賴以維持自己信念的東西，深信是法則的東西，在真正的現實卻沒有空間可供實現。例如自父親一聲不響地逃離這個家，母親勞碌了半生，千辛萬苦讓自己走進大學的校園內，這些現狀就真是值得如此繼續做下去嗎？

無論自己如何努力鍛煉，想整理出「如何生活」的頭緒，方向卻總是錯置的，一會兒向東，一會兒向西，還沒看見道路就已經不見了一切，消失了一切，然後，只剩下滿以為最終會出現的「然後」。

※※※

遠處某個房間傳來歌聲。

Come sail your ships around me
And burn your bridges down
We make a little history, baby
Every time you come around

Come loose your dogs upon me
And let your hair hang down
You are a little mystery to me
Every time you come around

We talk about it all night long
We define our moral ground
But when I crawl into your arms
Everything comes tumbling down

Come sail your ships around me
And burn your bridges down
We make a little history, baby
Every time you come around

Your face has fallen sad now
For you know the time is night
When I must remove your wings
And you, you must try to fly

Come sail your ships around me
And burn your bridges down
We make a little history, baby
Every time you come around

Come loose your dogs upon me
And let your hair hang down
You are a little mystery to me
Every time you come around

Come sail your ships around me
And burn your bridges down
We make a little history, baby
Every time you come around

「是 Nick Cave & The Bad Seeds 的《The ship song》。」梁本輝不禁說了出來，他拿出一串鎖匙，一臉懷念：「好吧。現在就去。」

梁本輝隨即跑離貓公園，步出入口的同時，他回頭向灰色流浪貓望了一眼，但貓兒卻幾近同時跳進草叢內，動作流露出一份惶恐。

五分鐘後，他跟小綠在巴士站上不期而遇。

小綠穿著一件 Nike 風衣，款式跟梁本輝的相近。

她看見梁本輝便說：「上車吧！」

於是他們就隨即登上剛駛進來的巴士。

晚上的巴士乘客只有他們，彼此無言以對。梁本輝不明白她為什麼叫他上車，但反正前往的方向，是他本來想到達的地方，於是他也索性不說什麼，想起不知為何總是在家裡附近遇上小綠，他腦內仍徘徊著 Nick Cave 的歌聲，以及一些中學時代的往事。

慢慢他才發現，小綠一直將雙手插在風衣的口袋，並看得出是在緊握著拳頭。

梁本輝正想開口說話，巴士卻剛好到了總站。

出了車站，小綠一言不發地快步走出車廂，梁本輝緊緊追隨其後。

「有什麼事發生嗎？」

小綠回頭過來，早已淚流滿臉。

「有貓……剛被殺掉了……就死在我眼前……我救不了牠。」

我們都是傻瓜

06

麥當勞快餐店播放的音樂，是現在橫掃整個城市的 Milk Shake 樂隊最新冠軍歌曲《照片中的戀人們》，但看起來誰也沒有認真去聽，又或是已經聽得太多了。

坐在梁本輝和小綠四周的，是各式各樣的人，在接近晚上十二時吃漢堡包、薯條，喝著東西，看起來並沒跟誰約好的樣子。

沒有人環視店內，也沒有往出入口大門看過去，沒有期待著時間盡快過去。

當梁本輝跟小綠撞門進來的時候，只有店員熱烈地說著歡迎，由於小綠站在身型比她高大的梁本輝身後，無人發現她臉上的淚痕，還有手上的點點血污。

雖然進入凌晨時分，麥當勞還有許多人來來往往，每個都是沉默而又各顧自己的，小綠在沒有被誰注意下，走進洗手間去。

梁本輝拿著兩杯濃滑奶茶，挑選了可以望向街頭風景的位置坐下，他一直漫無目的地眺望落地玻璃外的街道。

小綠終於出來了，過了一會兒後，她慢慢地坐在梁本輝跟前，已經洗過臉的她，在調整一下呼吸後，默默地喝那散發香氣且熱騰騰的奶茶。

兩人不發一言地望向街道。舊城大多數是住宅區，這個時分的街道已經幽暗，人們的影子仍可清晰地映照在路上，並且縱橫交錯。

有地方可以去的人，沒有地方可以去的人，心中了解目的地何在的人，以及根本沒有目的地的人。

梁本輝在想，其實自己是介乎於這兩種極端狀態之間，他心裡有目的地想去，但那卻不是一個真實的世界。

一名身材高瘦的年輕男子，看起來有點營養不良，他利用昏黃街燈的光線，閱讀新一期的遊戲週刊，封面的插圖正是「The Fate」的一眾格鬥家。他看得津津有味，緩慢地步行。梁本輝一直看著他，直至對方消失於視線範圍之中。

曾經，梁本輝也有一個同樣很沉迷網絡遊戲的朋友，一個當時十分要好的朋友。當時還是初中生的他，是少數沒有因網絡漩渦的攪動而影響生活的人，他完全不明白這些電腦遊戲，怎會把足球場上的許多隊友帶走了，再不像以往那麼多人一起在那草地上揮汗如雨，包括那位實力最強的朋友。

而過了不久，那位好朋友就人間蒸發了。

「梁本輝，對不起。硬把你拉了上車。」小綠幽幽地說。

她的說話叫梁本輝從回憶的世界中返回現實。

「不。反正我沒有什麼特別事情要做。」

「其實我想找哥哥幫忙，但他跟同事去了倫敦看足球賽，而我也不想 Whatsapp 給他煩惱，教他擔心。去那裡看足球賽是他人生最大的夢想……」

梁本輝對眼前這身材小巧的女同學，心情這麼快平復起來，感到有些不安。

從小綠對他說看見有流浪貓被殺開始，他已經很想立即報警求助，但看見她淚流滿臉，便覺得先找個地方坐下來，讓她先穩定情緒較好。

何況，那兇徒早已離開，貓兒亦已經遇害，此刻實在需要冷靜下來再說。

「於是，我只好嘗試在街上跑，希望可以遇到你。」說罷，小綠雙手捧著那發泡膠茶杯，又再陷入沉默，雙手更是在微微發抖。

「我是不是很傻？」

「？」

事實上梁本輝對小綠這句話，是完全接收得到，只是他不明白這位看起來已漸漸鎮定的女同學，這個疑問是因何浮現。

「因為救不了貓？所以覺得自己很傻？」

梁本輝一字一語的說，他同時想起這句話，也許是近來唯一跟別人提出的話語。在「The Fate」的討論，則不在此限。

那些確實是一種溝通，但同樣地，也不能算是一種健全的交流。

「在每晚外出探望流浪貓的過程中，心想可以照顧和保護牠們，結果牠們遭受到虐殺，而我卻只能無能為力地看著，什麼也做不到。」

小綠幽幽的說著，梁本輝心中泛起一片熱。

傻瓜？天下間有沒有傻瓜？有的。

但卻不會是被別人稱為傻瓜的人。

而是那些只會認為別人是傻瓜的人，這些人才是天下最大的傻瓜。

他想起曾在擂台上，曾把他視為傻瓜的傢伙，都被他一一的擊敗，逼得狼狽不已地退到繩角前。

那些人只能拋出白毛巾投降。

在梁本輝心中，他們才是傻瓜吧。

當時他總在想，幹嗎不戰至最後一刻，力盡倒地又如何？

絕不能退啊！

但直至好友被轟得倒下，滿臉鮮血地痛喊，他了解到自己才是所謂的「傻瓜」。

不是所有事情，都必須生死相搏，絕不回頭向前，重點在於是否有必要？

著力點不是只有一處，生活還有很多選擇，拳頭如鐵般堅壯，也不等於要將對方擊倒，才能證明存在的價值。

梁本輝在那一刹那，想到不再自作聰明，不再把別人當做傻瓜，希望自己也不再是傻瓜，在任何時候，在任何情況，也再不要這樣做。

而小綠的這個問題，令梁本輝陷入沉思。

「曾經……」小綠在梁本輝沉思之際開口自答，「也有好一些人，跟我一樣在晚上去照顧那些流浪貓，但後來他們也因為各種的理由，例如有些人索性抱了自己比較喜歡的貓兒回家飼養，漸漸就再沒有在晚上出現了。」

曾經。

這也是梁本輝早已注意到的。小綠處事的態度和方式，某程度上都與自己相似，都是非常投入及熱心。只是他明白到自己的熱心裡，其實是用作支撐一切日常性的步調而存在，他決定在其他人的步伐逐漸無法配合，到了最後只能夠吵架，甚至決裂收場之前，就先選擇離開。

而小綠的熱心並非單純，內裡一定有什麼事情發生過，令她周圍的一切都出現奇妙的逼切感。

一直跟小綠一起行動的人們，也許是受不了那種感覺，又或是因為某些事而消化了當中的複雜，止住了腳步。

梁本輝不知如何向小綠說明感受，只是每次都期待這女同學可以早些擺脫如此前設。

他們走出了麥當勞。晚上的風冷冷的，但身體還是和暖的，他們把Nike風衣抱在手上，看起來像是許多初次約會的情侶般，漫無目標地在街上走著，也許興緻來臨，會去唱卡拉OK、吃糖水、甚或走到海灘舉行小小的啤酒派對。

可是，梁本輝與小綠不過是因為流浪貓而暫時走在一起。

小綠看著手錶，時間是十一點五十分，她說差不多該回去了。

「嗯。我還有一點事情要處理。」梁本輝也順著小綠的視線望向手錶。

「對了，是我硬要把你拉上巴士的，再次抱歉。」

「沒關係，我本來也是要往這方向走。」

他們走到巴士總站，並排在長椅上坐下，等候最後一班巴士的來臨。

「我們可以交換電話號碼嗎？」

「當然可以。」梁本輝拿出手機。

「嗯。」小綠咬著嘴唇，將頭點了幾下。

梁本輝記下了她的電話號碼，姓名上輸入了范小綠。

小綠把手機收起，穿回外套。「巴士來了。」

梁本輝送她上車，說了一聲再見。

車門關上，巴士開動後，梁本輝走到車站附近的便利店買啤酒，靠著牆壁動也不動，就這樣一口氣把啤酒喝光。梁本輝一面喝著啤酒，不知道為什麼，發現心情奇妙地浮動。

他重新向店員付款，又把另一罐啤酒開啟，閉上眼睛，深深吸入一口氣後，又默默的喝著。

他無法讓心情平靜。慢慢地搖頭。可是這樣還是有什麼東西在腦子裡卡住，就像他以往在練習泰拳時，外表看來一切正常，動作仍是流暢靈活，可是看在眼裡，卻有什麼東西卡住；有什麼非常細小的東西，總覺得有某個地方不對勁。

梁本輝知道有什麼不對勁。

在運動的過程中，遇上這種情況的話，往往就會以不同程度的受傷告終。

他帶著這種心情，一直走到附近街道盡頭的大廈。

他正要拿出鎖匙打開大門入口時，手機響起來了，來電的是小綠。

「無論如何，我也要到警局報案。」電話傳來小綠的聲音。

「你看到了兇手嗎？」

梁本輝很清楚這個問題，也許會把他帶進事情的漩渦之中，但他還是忍不住問。

小綠沉默了接近五秒，梁本輝清楚聽到巴士行駛的引擎聲，他想起小綠那個茫然的表情，又幻想到那架巴士彷彿變了一條船，在映照著月亮的湖上，沉默地前進。

月亮的光線超現實地強大，把四周都染得發白，而小綠低頭望向湖面，看著清晰可見的月球表面痕跡。

突然一個黑影飛躍而來站在船頭，把小綠嚇了一跳，由於背光的關係，小綠無法看清楚來者的外貌，只是發現對手正抱著什麼東西似的。

「其實我也看不清楚對方是什麼樣子的……」

小綠的說話從電話傳來，終止了梁本輝這不由自主的奇怪幻想，在那個幻想的世界裡，梁本輝的視線也跟著小綠望向那個黑影，他感到自己比小綠對那黑影更感興趣。

梁本輝輕輕的搖頭，想去終止自己這奇怪的思考。

「我只看見一個身穿乾濕褸的人，背向我跑往後巷的深處。」

「這麼近距離嗎？」

「那個人看見我走進後巷的一刻，便把已經重傷的貓兒拋在地上！我跑上前去看看貓兒的傷勢，牠已奄奄一息，血已沾上了我的手掌，我在那一刻感到一片混亂，是憤怒、悲痛……結果呆著目送對方跑去，失去影蹤！」

「穿乾濕褸的人……但事實上，你太靠近對方，也是存在危險的。現在已經夜深，我看妳還是明天早上才去警署說個明白吧！」

梁本輝用冷靜的語氣，一字一語地說出這幾句話，就連他自己也感到一陣驚訝，在中學時代——才不過是不久前的事情，一切卻都在突然發生，但回想起來，該是有什麼事情潛伏其中，在誰都不在意的時候悄悄進行了改變，就像看起來仍是健康的牙齒，白白的，甚至可以閃出光芒，但其實內裡已被細菌入侵，從微小得必須用顯微鏡才能發現的創口之中，大舉入侵到牙齒之內，並迅速蛀壞了當中的牙齒。發現痛楚的時候，才知道牙齒早已變得像古羅馬鬥獸場遺跡一樣殘缺不全。

「嗯。無論如何，也謝謝你陪我，晚安。」

「晚安。」

梁本輝把手機放回口袋裡，深深地嘆了一口氣。

他拿出鎖匙打開了大廈大堂的門，沒有看更及護衛，只有升降機運作時所產生的金屬聲響。

他的心軟得一塌糊塗，是伴隨死亡而來的無助悲哀吧？那麼熟悉的劇痛。

死神雖然降臨於一隻不知來自何處的貓兒身上，不過，貓的生命點點滴滴地流逝，小綠的悲痛，旁觀痛苦，已不再是旁觀了，就此慢慢也滲入他的身體內。

我在幹嗎？竟然如此冷靜、如此冷漠？梁本輝心想。

我不是該擁抱小綠，至少，讓她哭個痛快嗎？

我害怕什麼呢？

那個卡拉OK的啤酒女郎莉莉，她不是說過：「人還真是奇怪呢，有時候，明明在意的人，偏偏在表面上，就顯得更為冷漠。明明決定再見到他時，一定要很溫柔地待他，至少，讓他知道你的心意，不過，很奇怪，每一次，就是做不到，搞糟的情況，好像更多。」

她說得對，不過，我不能讓小綠知道我的心事，因為她沒可能承接我的負擔。

她可以嗎？我只願她別那麼執著、別那麼認真，因為認真無用，只會帶來傷害。

梁本輝思緒起伏。為何每個善良的人都得比別人負擔更多的東西？這公平嗎？

電梯吱吱地響。

梁本輝無力地靠在電梯壁旁。

他閉起眼睛。小綠的淚水好像流進他的眼裡。

小綠需要我，至少當時，她需要我的安撫。不過，自私的我，竟然說：「事實上，你太靠近對方，也是存在危險的。現在已經夜深了，我看你還是明天早上才去警署說個明白吧！」

梁本輝不禁苦笑，多麼無情的話，小綠懷著什麼心情回家？更多的失望吧。

我就是一個讓人失望的人吧，他心想。看到母親辛勞的側臉，但我竟然不發一言。他又想起莉莉，她豁達地說：「愈親密的人，傷害愈大，不過，因為有親密，我倒不介意傷害。不是說歡迎傷害，而是說相比之下，傷害倒不重要。」

莉莉經歷了什麼，才能說出這種話來。梁本輝只是輕輕地觸及傷害，就痛得全身蜷縮起來，縱然，有時候傷害其實不過是一種想像。

電梯門開了，待電梯門關上之際，梁本輝按掣到頂樓。

電梯到了頂樓，他走出去，轉了一個牆角，再上數層樓梯，有一道生鏽的鐵門。

他猛力推開它，迎接他的是冷風，以及萬家燈火。

他深深地吸了一下，再大力地呼出來。

他揮拳擊出，不過，擊到的是空氣。他期望的，是強烈劇痛的回應，這樣一來，他就知道應怎麼做，他會屏息靜氣，冷靜地來一個反擊。

他一想到這世界那麼巨大的負能量，他就不禁有種興奮，正如他那麼期待「The Fate」的「萬人敵」。他想戰鬥，想反抗。

他完全不能承接溫暖的東西，母親的默默付出，小綠的純粹熱心，這都不該存在，至少對於他而言。

然而今晚，他為何內疚？為何討厭自己的殘缺？為何腦海裡滿是小綠？

曾經，他是那麼毫無防範地張開雙臂，去擁抱這世界的一切，那麼赤裸裸的，一點也不害怕，相信自己源源不絕的感覺，會得到相應的反應。

然而都不是，而且來得劇烈，沒給他任何的準備，父親的逃離和好友的離世，四下頓時黑暗起來。對於沒穿防禦外套的他，就像一下子被燒毀了，好不容易站起來，卻徒具殘缺的身體。

有些美好的東西，就此失去了吧。

他知道。

他不停地揮拳，猛地吶喊：「跑啊，小綠！跑啊，梁本輝！」

生活在他方

07

梁本輝聽到藏在褲袋的三條鎖匙，噹噹地響，好奇異的聲音，彷彿來自遠方的呼喚。

他像隨聲音而去，聲音在哪裡，他就到哪裡。

梁本輝猶豫著，他可能會去？去那地方做什麼？假如，那地方給他的感覺是破敗的，他為何要去？

不過，他的腳依然毫不猶豫而去，罷了，讓直覺主宰吧。

他仰望這幢半新不舊的大廈，雨已停了，不過，那些黑色的雨跡依然依附不退，讓這外表塗上粉紅色的大廈樓，呈得傷痕纍纍。

他推門而進，年老的管理員抬眼望他一下，又埋首於報紙裡。

電梯搖晃而至，他進入，眼看電梯在他眼前關上。

他突然有一陣衝動，想按鈕開門，迅速離開，當手指伸出時，電梯已往上升了。

他歪嘴一笑，是安排吧，這一刻，我就是要來這裡。

他的手觸到鎖匙，鎖匙又發出奇異的聲音。

電梯停到八樓，電梯門「嘭」的一聲開了。

他直接走到一戶單位門口，這一次，他沒任何猶豫，果斷地取出鎖匙開門。

一陣發霉的味道，如花粉，灑了過來。他閉起眼，待味道過去。

窗簾緊閉，微弱的光，由外面透了進來，他的目光，緩緩地撫摸屋子，由左至右。

一切都沒變，如凝固的光陰。

他亮了燈，慘白的光，一下一下地照亮了全屋。

由左至右，排列著一個接一個的巨大的深色書架，白色的灰塵均勻地灑在空白位，不是空白的位置擺放的，是他非常熟悉的東西：一部接一部的遊戲機包裝盒。他知道那些紙盒裡面有什麼，是過去曾經火熱過的遊戲機帶及光碟：任天堂紅白機時代至 PS3。

他像置身於一個被遺棄的遊戲機博物館。

好不容易，他才適應這個過時的怪誕地方。

他僵硬而緩慢地走向暗處的電腦前，開了電源。稍等一下，電腦啟動，他很熟練地播了音樂。

他站立不動，Nick Cave 的歌聲圍繞及充滿屋內，梁本輝頓時有種活著的感覺，但那不是快樂的感覺，而是悲傷。

他舉步往一個房間走去，房門緊閉，隨著 Nick Cave 的歌聲，開了門，亮了燈。

沒有奇異的場景，沒有撲面而來的灰塵，有的只是記憶。

非常整潔的房間，像主人剛走開，很快就會回來。不過，無論如何，這房間還是很不正常，因為整齊得過分，而且，沒有任何雜物。

這是一間電競房，但主人的特質完全找尋不到。

電腦像主角般放在房的中間，此時，它很安靜。電腦上，擺著一個相架。

梁本輝輕撫這個相架。

相片中，一群浪擲青春的年輕人爭相向著鏡頭笑。其中一個是他，梁本輝，他詫異自己當時的清秀，那麼沒機心。另一個，他一看，心就一陣刺痛。

他的好友，頭髮肆意地曲蜷，古銅色皮膚光滑如洗，笑容如燦爛夏日，照得人明亮。他們摟在一起，不知為何事而大笑。

他當時在想什麼？什麼也沒想吧，就空蕩蕩地，為快樂而笑吧。

梁本輝微微地笑了，說：「嗨，阿光，我來了。」

Nick Cave 的歌聲總是能觸動他，將他拉回到遙遠的中學時代。

那天，是幾號呢？他思索一下，想不起，是將放暑假的時候吧？

炎日高掛，球場上的他們，汗水直流。足球在偌大的球場滾動，他們奔跑時，汗水好像也在飛奔而去。

對方守得非常緊密，眼看時間一點一點地過去，接近完場，對方決定防守，以和局為結束。這場球戰打得很艱辛，對方有實力，而且打得甚有策略。

「傻瓜，守？攻啊！」阿光的聲音傳了過來。

梁本輝心裡笑了起來，阿光最受不了這種局面，他才不想守，他總是踢到最後一分鐘、一秒鐘。

阿光腳上的足球，旋轉而出，對方的一個隊員攔腰殺出，梁本輝快跑斜出，當球將觸到那人的腳尖時，梁本輝一個斜踢，搶了球，眼角瞄到一旁的阿光，他迅速地飛腳，把球狠狠地踢往阿光那邊。

「好！」阿光喊了一聲，蹦跳而起，用胸部接球，球轉啊轉啊時，他胸部猛力一扭，球離開了他，在空中來個拋物線，穩穩地穿過爭相躍起的對方球員，咻一聲，擦過守門員的手掌，「嘭」的一聲飛入網內。

阿光露出燦爛的笑容，梁本輝望他一眼。這時，哨音響起，球局結束了。

他們一個轉身，吶喊起來：「我們是冠軍了！」

大家奔跑過來，擁抱阿光和梁本輝，喜悅的笑容，情不自禁地湧到大家的臉上。

梁本輝和隊員把阿光拋到半空，一拋再拋。

炎日之下，梁本輝感到阿光的頭頂上，散發著金光。

他們洗澡後，換上乾淨的T恤，背著袋子從更衣室走出來。

「阿輝，請你喝可樂。」阿光說。

「好。」

他們到小食店，買了可樂，冰冷的可樂緩緩地從喉嚨流入胃部，很是涼快，他們同時說道：「哇，好舒服啊！」，於是，又笑了起來。

對方球員一個接一個，垂頭喪氣地走出來，低頭從他們身旁走過。

走在最後的一個，長得不高，但身體非常結實。

他往前走，突然又走回來，走到他們面前，盯著阿光。

他的額頭很高，眼睛不大，不過，眼神有點銳利。

「為何不和局？」他對著阿光說。

阿光詫異了，說：「啊？」

「只剩一分鐘，為何還要拚命地踢？」

「戰到最後。」阿光說。

那人回望球場，此時，球場上有一群小學生在練球。

他再回頭，說：「你的腦筋不靈光，對吧？想的就是戰到最後，戰到倒地不起，好天真、好幼稚。」

梁本輝站前一步，說：「這話是什麼意思？」

那人直盯著阿光，再盯他一眼，說：「輸了就是輸了，改變不了這局面。不過，輸的局面，不是一個句號。」

阿光走前，問：「什麼意思？」

那人的臉突然有點扭曲，他別過臉，在壓制著激動的心情。

過了一會兒，他才說：「我不會是未來的球星，我心知肚明，只是想拿取獎學金再升學。這場比賽，是我的生死賽，只要是和局，就可以有獎學金，差一點，我就有了。」

阿光看來被這句說話撼動，他說不出話來。

「不僅是我，還有兩、三個隊友，都很需要這筆獎學金。你怎會懂呢？對你來說，就是戰到最後。」

「這樣說，對阿光很不公平。」梁本輝說。

他的眼光一暗，說：「是，我知道。但我實在忍不住要說，因為你們看起來意氣風發的，好像世界就在你們腳下。」

「沒這回事。」阿光低聲說。

那人輕輕苦笑，說：「抱歉，祝你們一帆風順。」

他走了，陽光下，投在地上的影子拖得好長好長。

阿光突然失去朝氣，整個人軟綿綿的。

「我們太意氣風發嗎？」他問。

「沒這回事，阿光，他只是接受不到輸了，把怒氣發洩到你身上。」

阿光搖搖頭，說：「只是這樣嗎？」

梁本輝知道他不能說服阿光，阿光一向比他倔強。

而剛才那人的一番話，也令梁本輝心情低落，無論他說得對或錯。

此時的阿光，面色像被雷電擊倒般的慘白，那是梁本輝從未見過的阿光。

梁本輝默不作聲。

阿光搖著手掌裡的可樂，突然說：「阿輝，來，回家吧。」

阿光微笑地看著遠處，梁本輝感到不對勁。

當時，他該做點什麼吧，不過，此時回想，他做什麼都沒用。

阿光內心深處藏著什麼，他不能理解，阿光待他很好，有時候，甚至好像哥哥般，而哥哥總有一些成人的悲傷，而這種悲傷，他未到某種時候，就是不能理解的。

梁本輝思緒飄得極遠。他在回顧，企圖尋找他曾經錯過的什麼。

那天在球場，他該察覺阿光有點異樣，不，時間是比在球場比賽那天更早些，球場那一役，只不過是阿光的轉捩點。

阿光長得高，方形的臉上，鑲著一對深邃的眼睛，無人知曉其心事。不過，當他一笑時，那笑容如春日點點地融化人心。而他時常笑，笑得無憂無慮。

讀中學時，阿光的父母移民加拿大，中學時，不知何故，他回港和祖母相倚靠。或許他是到地球另一方轉了一下，梁本輝想起阿光的個性，微微一笑，阿光身上就是散發一種不知天高地厚的率性。

阿光的學業成績不錯，性格坦率，在球場上，更猶如一輛坦克，技巧好得沒話可說，有他在場，球隊彷彿就有一面免死金牌。沒多久，阿光就成了一顆明星，女孩藉故來找他。後來，球場旁總有一隊啦啦隊，女孩吶喊助威，令球隊如虎添翼，隊員雖知是阿光的緣故，倒也樂於享受女孩的尖叫。

說起來，阿光不知道輸的滋味吧，輕輕鬆鬆的，就一直摘下屬於勝利的東西吧。然而阿光身上沒有不可一世的味道，可能贏對他而言，如空氣般自然吧，所以，也沒什麼值得驕傲的。

他待梁本輝很好，像親兄弟似的。梁本輝不擅交際，也不介意獨處。有時候，吃午飯時就自然地獨自往餐廳走去。

有一次，他正獨自在小食部吃即食麵，同學都到大快活快餐店去。

阿光大剌剌地坐在梁本輝前面，問：「熱狗？」

梁本輝尚未回答，阿光就把兩根熱狗擺在他面前。

「謝謝！」梁本輝說。

「嗯，熱狗弄得不怎麼樣，我下次炮製一些超級好吃的，讓大家試試。」阿光說。

獨自一人的阿光看來有點不同。平日，他身旁總有女孩。

梁本輝不禁打量他。

阿光摸一摸鼻頭，說：「有芥末？」

「不是，看不慣你獨自一人。」

「何來獨自一人？你不是人？」

梁本輝不禁笑了，說：「那些女孩都跑掉了？」

阿光認真地點點頭，說：「嗯，都跑掉了，因為我說了一個不好笑的笑話。」

「什麼笑話？」

「不就是男人都是壞男人。」

「這根本不是笑話。」

「所以，她們覺得我好悶，跑掉了。」阿光嘆一口氣說，「遺憾。」

梁本輝微笑了，說：「嗯，遺憾。」

那些女孩當然不是跑掉，她們很快就尋到阿光的影子而跑來。

之後，他們就漸漸成了好友。

阿光總是很隨意地問他，要去喝杯冰可樂嗎？要去看場戲嗎？要去游泳嗎？要去踢球嗎？梁本輝有空就去。阿光身旁時有女孩，梁本輝喜歡這些女孩的笑聲，當然，他也喜歡和阿光相處，阿光令他沒壓力。

當時梁本輝成了球隊隊員，多少有點出乎他意料之外，不過，踢球時的忘我，踢球後的快感，和隊員一起打拚的感覺，令他覺得很溫暖。

阿光沒有什麼特意親切的行為，隨隨便便的，但令梁本輝覺得舒服，他本性敏感，若隱若現的關係才能令他放鬆，他受不了那種朋友間如蜜糖般的熱乎乎。阿光甚至很少打電話給他，不過，當他想找阿光聊天時，就如有種看不到的線般，阿光總是在附近。

此時，梁本輝回想，才知道自己是多麼的粗心大意。

有一晚的黃昏，阿光在球場旁喝可口可樂，他在暗處，陰影籠罩著他。梁本輝沒瞧到他。

「嗨，輝。」阿光突然叫他。

梁本輝嚇了一跳，停步回頭，說：「你不是走了嗎？你不是去看電影？」

阿光好像笑了，梁本輝看不清他的表情。

阿光說：「有點悶，不想去。」

梁本輝坐到他旁邊，說：「這是頭條新聞，阿光竟然覺得悶。」

阿光搖晃著手中的可樂，說：「嗯，悶得發慌。」

梁本輝笑了，說：「喔，失戀了？」

「失戀還好，說得出感覺。現在，我整個人空蕩蕩的。」

「所為何事？」

阿光搖頭，說：「就是覺得沒什麼意思，人生，不是輸就是贏。」

「冰冷可樂？女孩白裙？路旁小狗？踢球的幹勁？天啊，你看，球飛來了。」

梁本輝料不到自己竟然如此輕快地勸解他。

阿光笑了，說：「我好像沒有同理心。」

梁本輝瞄他一眼，不懂他的意思。

「我好像要嘗試一下輸的感覺才行。一路一帆風順，好像看不到失敗的或是軟弱的感覺，我觸不到。再這樣下去，我只是往上爬，會變得冷酷吧？」

梁本輝不能理解。

「冰冷可樂？如果沒有一場激烈的比賽，那這杯可樂不會給我有點幸福感。女孩白裙，嗯，很美，但是，她們喜歡我什麼？小狗？在哪裡？」

嗯，阿光的低落，令梁本輝有點束手無策。

他沉默不語。

阿光站起來，拍拍他肩膀，説：「喂，回家去，我沒事，不要苦著張臉，好難看。」

梁本輝站起來，阿光又恢復了開朗的表情，沿途説起瑣碎事兒。

當時，阿光看來已一腳踏上一條不歸路。直到球場發生那事後，梁本輝才知道阿光已放棄在現實生活往前走了。

阿光並不是畏縮，而是他澄清，他知道未來的真實生活，不是爭個你死就是我活，阿光當然是贏家，假如他願意。但是，他不願意，最後他還是離開我們，不知去了哪兒……

梁本輝在房間陷入沉思。

阿光不願意做個贏家，因為有贏家就有輸家，他根本不能理解輸家的感覺，但是，他卻知道輸家的結局，電光火石間，輸家就可以永遠倒地不起。

不過，他也不肯當輸家吧？他只想在輸贏之間的灰色地帶遊蕩吧？

是這樣嗎?阿光。梁本輝心想。

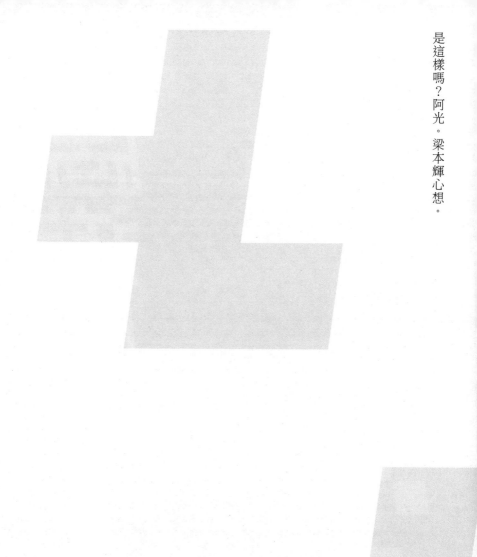

拼圖遊戲

08

清晨，梁本輝默默地踏進校園。

有點霧，校園一片朦朧。梁本輝低頭往前走。

一個同學擦身而過，見到是他，十分訝異，說：「噢，是你？還以為你退學到海外讀大學去。」

梁本輝苦笑，回應道：「可逃到哪裡？天下烏鴉一樣黑。」

同學不知如何回應，悻悻然地說：「聽說教務處職員找你。」

梁本輝哼了一聲。

同學急步走了。梁本輝想了想，回頭往教務處走去。

長髮的女職員剛掛斷電話，回頭見他，眉往上揚，不耐煩地揚手叫他進來。

「梁本輝，你知道嗎？你非常出名。」她說。

「你不說，我還真不知道。」梁本輝說。

她喔了一聲，眼光掃了教務處眾職員一眼，說：「不過，這種出名方法，我可不敢恭維啦。教授們很不滿意你的出席率。」

梁本輝默不出聲。

「幾乎每個教授都這麼說，你說，我們該如何處理？」

梁本輝依然不作聲。

這時，桌上的電話響了，她隨手拎起，粗聲粗氣地喂了一聲。

梁本輝隱約聽到，是關於另一個學生要辦退學的事宜。

梁本輝心想，乾脆退學好了，在這種地方糾纏不休，又是為了什麼？

不過，他知道他為何來學校，為何來聽這職員發牢騷。

女職員終於掛斷電話了，回頭見他還在，好像很詫異，說：「你不是要上課嗎？不要再讓教授們因你的事來煩我們。你不見我們已夠煩了嗎？」

梁本輝回頭就走。事情就這樣解決了。很可笑，不過，只要可以迅速地解決任何實際問題，梁本輝什麼也不介意，管他們是真心關心還是不想讓你給他們麻煩。

梁本輝站在教室外，他瞄了進去。

小綠穿了一件淡藍色襯衣，頭髮掠到耳後，露出小巧白皙的耳朵，正專注地寫筆記。她的左邊位置無人。

梁本輝輕輕推門進去，小心翼翼地穿過幾個同學，坐到她身旁。

小綠微微地斜頭看他一眼，他回她一個微笑。

小綠很輕很輕地抿嘴微笑，又低下頭。

梁本輝的雙手在桌底下握了起來，又鬆開。

是的，他回來，就是想看到這個幾乎可以令人傷口痊癒的微笑。然而，他渴望更多，他想觸摸這抹微笑。

好不容易，他的手才停止抖動。

他慢慢地掏出筆記本及筆，抄寫起來。

他們的手臂碰了一下，又迅速地躲開，忐忑的、驚喜的、理解的，種種感覺突然在他們之間流動。

梁本輝像是收到小綠的心意：嗨，沒關係的，以前的、將來的，預測得到的、預測不到的，什麼事情都好，我都會以微笑迎接你。只要你願意，只要你沒有把自己收藏，躲我躲得很遠。

梁本輝的心亂跳：「小綠也會知道我的心事吧？」

小綠沒望他，形狀美好的手指飛快地抄寫，然而，她不是抄寫，她是在接受梁本輝的心情：見到你，心好像可以沉穩下來，不再亂跳，不再恐慌。

然而，這種心情的奇妙交流，兩人都好像有點承受不了，刻意的距離感驟然而生。

此時教授的聲音，才很清晰地落入梁本輝耳內，周圍細細碎碎的聲音，如海浪般，包圍了梁本輝，他失落了，小綠的側臉近在眼前，但小綠變得遠不可觸了。

我如何扭轉這困局？假如是在「The Fate」的遊戲裡，我會毫無感覺，只要專注就行了，看不過眼，便殺個片甲不留。然而，這種溫暖的感覺，那麼令人依戀，那不是可以相比的。可是這種感覺，又是如此抽象，難以具體描述。

為何只有小綠能給他這種感覺？而他卻什麼也做不了。

※※※

學期過了一段時間，梁本輝漸漸又回到正常軌道。他很詫異自己的若無其事。

他和同學吃飯、打球、上課，遠遠瞄到小綠的身影，或是，聽到她的童稚笑聲，這令他平靜，遠遠的，幻想的，都令他安定。

梁本輝回復上課，同學都很高興。他們關心他，熱乎乎地噓寒問暖，梁本輝淡淡地回應。放學時，他總是以打工為理由而逃離。

他們的熱心，令梁本輝受不了。那是自然的嗎？不，那是出於他們覺得該這樣做，而不是因為出於一種由心而發的舉動。這都是扭曲的、自動化的，好像遊戲裡的機械人。梁本輝為自己有這種想法而內疚，或許這本是自然的交際。然而，他卻只在小綠身上，感受到那種由心而生的熱力。

他不由自主地追蹤小綠，是用眼神去追蹤。

小綠偶爾感到什麼似的，轉頭四下張望，然後陷入沉思，才低頭往前走。

有一天午飯時，班裡的一個熱心女同學拖著小綠來飯堂找他，說：「梁本輝，小綠有事找你。」

梁本輝抬頭望著小綠，小綠尷尬地望向遠處。

熱心女同學女同學沒好氣，說：「梁本輝，今晚有節目，我們要唱卡拉OK。」

梁本輝淡淡地問：「為什麼？」

「悲歌之夜。」

「悲歌之夜？」

熱心女同學擠眉弄眼，推揉小綠一下，說：「小綠，妳說。」

小綠依然閉嘴不說。

熱心女同學狠瞄小綠一下，說：「真沒她辦法。好，我說，小豆失戀，我們要來關懷她一下。」

小豆？梁本輝想了很久，才想起是班裡一個圓圓小臉蛋的女孩。

不過，她失戀，為何非要和一伙子去唱悲歌呢？

「小豆好可憐，」熱心女同學低聲說，「遇上了不好的男人。大家來唱歌，就可以沖淡她的傷心。」

小豆好可憐！在這班熱心的同學手上，連躲起來療傷也不行。

「其實……」小綠怯怯地說，「其實，假如貓兒受傷了，牠們會躲起來，不讓人發現，自行療傷。」

梁本輝看著小綠，心一軟，小綠是束手無策吧。

「小綠，」他看進她的眼睛去，「推卻不了，那我們就去吧。」

小綠臉漲紅了，低聲說：「好的。」

熱心女同學很高興，又拖著小綠走。

「小綠，妳現在有空嗎？我有功課問妳。」梁本輝替她解圍。

「有。」小綠急說。

熱心女同學滿不是味兒，瞪了梁本輝一眼，轉身就走。

小綠終呼出一口氣，說：「什麼功課？」

梁本輝笑了，說：「沒什麼。今晚見。」

小綠感激，點點頭，快步往熱心女同學走的相反方向去了。

※※※

梁本輝抵達卡拉OK時，頓感不自在。他不介意讓大家知道母親在這裡打工。他介意的是，大家一首接一首地唱悲情歌，卻忘掉躲在暗處的小豆。

男同學見到他，打個招呼，又忙著挑選歌曲去了。

梁本輝站在門口，四周打量，獨不見小綠。她沒來嗎？

熱心女同學在房外談了通電話，走進來說：「小綠快到了。」

男同學歡呼，梁本輝心底湧起一股厭惡，但是，又期待見到小綠。

他一回頭，就撞到氣喘吁吁的小綠。

小綠抹汗，滿臉漲紅，說：「因為塞車，只好提早下車趕來。」

梁本輝苦笑，說：「急什麼，他們又不會跑掉。」

小綠瞄他一眼，低聲說：「雖然他們很吵鬧，不過，也是為小豆散心。」

男同學見小綠到來，立即擁上，他們拍拍梁本輝的肩膀，像剛剛才見到他似的，說：「嗨，梁本輝，前段日子，大家都很擔心你，現在……」他們上下打量著他，又望著小綠，再說，「看，小綠，他不是好端端的一個人嗎？以後不用再擔心他。」

小綠稍微避地避開梁本輝的目光，笑說：「沒有啊，我沒擔心他。」

「還不肯說真話？好了，小綠肯親自承認沒把心思擺在梁本輝身上，那大家就放心了。」

男同學嘻笑怒罵的，忙推小綠入房。

小綠逕自直走到小豆身旁，拖著她的手，和她聊天。

梁本輝搖頭，嘆了一口氣，熱心的人啊，你們多麼虛偽。

他站在門口，看著一群人喧鬧，無憂的，也無知的，不過，梁本輝突然有點嫉妒他們，為何我做不到？

莉莉飄然而至，站在梁本輝身旁很久，不過，梁本輝渾然不覺。

「嗨。」她開口了。

莉莉的眼角瞄了小綠一下，把手中的啤酒遞到他手上，說：「我看你的心事都在一個女孩身上。幫一個忙，替我把啤酒分出去。」

梁本輝答應了，莉莉轉身就走，走前數步，又回頭說：「伯母知道你來嗎？」

他搖搖頭，說：「等一下找她去。」

莉莉嫣然一笑，走遠了。

梁本輝把啤酒遞給大家。小豆的心情看來好些了，似要把悲憤轉化成飈高音的力量。

小綠擠了出來，站在走廊，呼了一口氣。

梁本輝也走了出來，漫不經心地問：「喝啤酒嗎？」

小綠搖頭，說：「這兒有點熱，像有點發燒。」

梁本輝看她的臉紅通通的，想用手背去探熱，但突然又覺得這動作太親熱，隨即垂下手。

這時，他母親路過叫他：「阿輝。」

梁本輝急忙上前，說：「和同學來玩。」

母親探頭望了望，露出欣慰的微笑，說：「是該出來玩樂了，整天躲在屋內，對身體不好。」

她見到微笑的小綠，詢問的目光掃了梁本輝一下。

「小綠，這是我的母親。」梁本輝介紹。

「你好！」小綠輕聲說。

梁本輝把目光移遠，不知再說什麼好。

母親滿臉笑意：「阿輝，好好看住她，嬌嬌小小的，可別讓她被人欺負。」

母親走遠了，梁本輝有點尷尬，說：「喝水嗎？」

小綠點點頭。

這時，熱心女同學來找小綠，說：「哎呀，你還不進去，到你唱了。」

她二話不說就推小綠進去。

梁本輝替她找來一杯清水，不過，那杯水一直沒機會遞到小綠手上。

那杯清水就這樣一直呆在梁本輝手心。

鬧了好久，同學都喝得醉醺醺的。

梁本輝和小綠不得不逐一送他們上車。兩輛名貴房車停在樓下，是各自來接兩個同學。

當房車開走後，小綠笑說：「好個富貴人家。」

梁本輝也笑了，說：「嗯，除了我之外。」

「我也不富貴。」小綠說。

「你還好嗎？」梁本輝問。

小綠點頭，說：「晚風吹一下，好些了。」

「我送你。」

「好的。」

兩人沿著寧靜的馬路往前走，他們之間有段距離。有些話需要說明，因為不說，感覺就被詮釋得不再一樣。

小綠想說什麼，但又低下頭。梁本輝本想開口，但是，又怕說出的話，不是心想的。這時，從後面小巷傳來慘叫聲。

梁本輝二話不說衝了過去，小綠隨步而至。

莉莉雙拳舉到身體前方，狠瞪眼前的三個小伙子。

一個正掙扎站起來，另一個有點怯意，往後退，有一個則從後巷的垃圾桶拿出一根木棍。

「幹什麼？」梁本輝喝住他們。

「沒你的事，快滾！」他們回應。

梁本輝默不作聲，腳步卻疾進，待他們還未回頭時，梁本輝的拳頭已擊出，擊倒一個小伙子，另一個猛地衝來，梁本輝退後，突地伸出腿，狠擊其胯下，那人慘叫起來。拎棍子的那個，滿臉詫異，恐懼神情爬到臉上，他大叫一聲，往梁本輝揮棍，梁本輝一個下蹲，他撲個空，棍子也飛了出去，還未回神，臉正中央已硬接梁本輝一拳。

三人狼狽而去。

莉莉放下拳頭，笑說：「身手不壞。」

「你還好嗎？」小綠問。

「沒什麼，他們調戲我，我氣了，給其中一人一記光耳，他們就躲在這裡襲擊我，教訓我一下。」

梁本輝有點思疑，三人出手之狠，似要造成傷亡。

「我累了，要回家。」莉莉說。

梁本輝也不多言，和小綠送她到車站，見她上了車，才往回頭路走。

兩人欲言又止，都心亂如麻。莉莉這一樁事，嚇壞小綠。

小綠尋找平靜的方法，突然，她想起了貓，那些懶洋洋的貓。

她回頭對梁本輝說：「我還有地方去，你沒空，可以先回家。」

梁本輝停步，說：「我沒事急著做，你要去哪裡？我陪你去。」

小綠臉泛微笑，說：「餵貓去。」

梁本輝點頭，二人又慢慢地往流浪貓的群居地去。

夜漸深，但天氣仍悶熱。今天，發生那麼多事，令梁本輝有點心不在焉。

小綠的聲音傳來，但他正想著東西，沒有聽到。

「梁本輝！」小綠尖叫。

他猛地回頭，小綠站在巷口，指著暗處，抖著聲音說：「殺貓兇手！」

梁本輝舉步向前，暗處有條黑影移動，貓兒被嚇一跳，紛紛逃走。

那黑影急步逃往另一條小巷，梁本輝叫小綠站著別動，追了上去。

黑影跑得飛快，穿過另一條小巷，往巷口而奔。

他才跑到亮處，不料，小綠已移到此處，乘黑影不覺伸腿，黑影不察，撲倒在地。

梁本輝急忙按住他，喝喊一聲：「別動。」

那人的身體顫抖不休，說：「我不是殺貓兇手。」

「在這裡幹什麼？」小綠氣得臉蛋通紅。

「我……我餵貓。我是便利店職員。」那人說。

梁本輝鬆了手，那人站起來，原來，是個鬈髮年輕人，年紀和他們相若，身穿便利店制服。

他的臉頰擦傷一小塊，神色依然恐慌，說：「我只是好心想餵貓。」

「那幹嗎就跑？」

「這小姐一開口就叫殺貓兇手，不跑才怪。」他瞪小綠一眼。

「抱歉。」小綠說。

「真是的，弄得我極驚慌呢！店裡有些貓罐頭剛過期，丟了感到可惜，我想，就給貓吃吧。噢，這位小姐，我認得你，你時常到這裡餵貓。咦，這位先生，我也認得你，你時常到便利店買『The Fate』的遊戲雜誌，還有一罐麒麟啤酒。」

他撫摸臉頰，呼著痛。

小綠掏出紙巾給他，他輕輕印走血跡。

「咦，原來你們是相識的？怎不相約一起餵貓？或是一起買啤酒？」

梁本輝白他一眼，說：「好管閒事。」

「嗯，是好心沒好報，竟然被當作是殺貓兇手。」

小綠望望梁本輝。

梁本輝突然陷入沉思，他的腦海滋滋地作響，如有一股電流穿過全身。啊，他覺得是時候要「戰鬥」了。

他望向小綠，說：「我有事要做，抱歉不能送你去乘車。」

小綠點點頭，說：「沒關係，你去吧。」

「你叫什麼名字？」梁本輝問。

「阿薯。是不是要問身分證號碼？住在哪裡？讀幾年班？」

小綠噗滋一聲笑了，說：「梁本輝，快去。我沒事的，這人在便利店上班，有記錄的。」

梁本輝向小綠點點頭，飛快地往自己的家的方向奔跑而去。

他隱約聽到阿薯的聲音：「小姐，你叫什麼名字？」

※※※

梁本輝匆忙入房，快速地開電腦，嗯，同一秒，「萬人敵」也了，格鬥排行榜的頭像亮起來。

這晚，「萬人敵」的殺意很猛，竟有種全滅對手之勢。他使出的招式快捷、狠毒，連過招的痛快感也不屑擁有。

發生何事？梁本輝緊繃神經，看來，「萬人敵」今晚心情不爽快。

好啊，我的心情也不好啊，那就來發洩一下吧。

「他擺出姿勢了，不要急躁。『萬人敵』今晚有點不一樣，好像失去了冷靜，我不能急躁，也不可輕敵。」

梁本輝靜靜不動。「萬人敵」拚命過招，使出令人炫目的格鬥招數，一口氣擊倒數個，而且毫無倦意。

當玩家被他擊得七零八落時，梁本輝蘊藏心底的怒火爆發了，他連連出招，「爆破犬」一套泰拳更是使得毫無破綻，滴水不漏，進攻、防守，進退均佳。

怒火隨著出擊而漸漸熄滅，隨之而來的是專注應敵，而且比平時更看得出「萬人敵」的出拳方向。

正當梁本輝得心應手之時，突然，在「The Fate」世界的屋頂睡覺的貓兒醒了過來，牠伸個懶腰，梁本輝一時分神，「萬人敵」乘機使了一個花招，猛地跳起，抱起貓兒，躍了下去，消失於「The Fate」的世界了。

梁本輝不禁叫了出聲，他狠狠地擊了桌子一下，手指很痛，過了一會兒，他低頭看，竟然流血了。

發生什麼事？今天一連串的事，好像沒關聯，但又好像有某種聯繫，到底缺少了一塊什麼？是否能拚成一個完整的圖案？

若笑

09

小綠——我的日記

我在做什麼呢？為何花那麼多時間在便利店呢？

阿薯熱情、爽快、暢所欲言，嗯，從他口中，我知道了梁本輝很多事情，我想知道更多關於他以及他的一切。

阿薯說梁本輝時常於晚上來便利店。

大約八點十八分，或是八點三十分，阿薯很確定。他突然很疑惑地望著我，說：「咦，你和他不是朋友嗎？」

我低頭苦笑。假如是朋友，我早就問了他，我熟悉我的每個朋友，不過，梁本輝，他對我來說，好像很熟悉，但是，又很陌生。

阿薯咯咯地笑，說：「我知道，你喜歡他，對吧？」

慌亂、不知所措，我的感覺，竟然是超出我本來熟悉的感覺。

阿薯拍拍我的肩膀，說：「好的好的，我不說，我只說他。」

阿薯滔滔不絕地說起來。

「他溫吞地來到便利店，買了一罐啤酒，開了便邊喝邊走到雜誌架，漫不經心地翻看一下雜誌，封面不看，內容不看，彷彿這只不過是個動作，毫無意義的。他偶爾望向窗外發呆，好像置身的不是便利店。」就像貓在神遊。阿薯說。

「然後，他會挑有『The Fate』消息的遊戲雜誌，在櫃檯付款後說聲再見就走。很有禮貌的。」

「就這樣。」阿薯說。「每次都這樣。」

沒和他閒聊什麼嗎？我心想，但問不出口。

阿薯好像知道我的心事，故意托著下巴，很慢很慢地說：「有閒聊什麼嗎？嗯，讓我想一想……嗯，沒有啊，什麼都沒有。我肯定，假如他想來，風吹雨打都會來。」

我笑了，這樣就行了。

「喔，還有，假如雜誌封面是《魔法少女戰隊》，他就會很用心地看，那樂隊總是以卡通人物亮相。嗯，還有，他好像喜歡吃泰式食物，就是泰式炒貴刁之類的。」

我不禁笑出來，阿薯的情報很詳盡。

他問我知不知「The Fate」是什麼，我搖搖頭。他對我的無知非常無奈，於是，仔細地解釋了「The Fate」的世界給我聽。簡單說，「The Fate」的世界，就是一個虛擬的格鬥世界，玩家可以任意設計自己的角色造型，也可以和朋友結伴闖蕩和互相交換武器、裝備和物資。阿薯說最近最多玩家爭奪的東西，是個名叫「幻影拳套」的武器，它除了能構成巨大的物理傷害，還附帶著水系法術傷害，能讓玩家的攻擊力提升十倍。由於它不是在商店街買得到的東西，而是憑運氣抽到的稀有材料冶煉而成（詳細是什麼我已經忘了，阿薯說網上有詳盡的冶煉攻略。），所以它的價值是現實世界的一萬元！

「那你也是『The Fate』的玩家嗎？」我好奇的看著阿薯。

「現在還不是，不過我相信很快便是了！」阿薯有點不好意思地笑起來。「因為下班後無所事事又不想睡，我近來愛上了看遊戲直播，那感覺就像自己操作一樣，甚至可以說，是比自己孤獨地玩更快樂！因為有上千人跟你一起經歷遊戲劇情，到了要選擇的關鍵時刻，大家又會不斷地給直播主留言出主意，感覺就像是個有著共同語言的大家庭！」阿薯開朗地笑。「我最近追看的知名直播主便在玩『The Fate』，我試過聽著他的旁述看他玩，不小心便看上了三小時呢！」

「真有那麼好玩嗎？」

「老實說，跟那些知名的遊戲系列相比，『The Fate』確實沒有複雜宏大的世界，也沒有明確的主線劇情，所以它能跑出，成為近來的暢銷遊戲，可說是讓人始料不及……」阿薯眼睛移向遠方，意識彷彿飄散，然後一絲絲地聚合在「The Fate」裡，只剩下沒靈魂的軀殼在我眼前。我幻想穿著便利店制服的他，佇立在激烈的格鬥中，像智者一樣分析著。

「那樣的話，那位玩過那麼多遊戲的直播主是真心推介『The Fate』的嗎？」

阿薯哈哈一笑，「他當然說是自己喜歡才玩，到底真是這樣還是收了廣告費呢……你等一等我，我去拿點東西很快出來。」

他說正好有批剛剛過期的食品想拿回家。他走進店內的倉庫後，我終於按捺不住，悄悄地買了張禮品點數卡。也許……我會在「The Fate」的世界遇到梁本輝？

我會嗎？

阿薯送我到巴士站，把兩杯乳酪飲品和一個泡菜飯團塞給我便離開了。我看一眼包裝上的日期，要立刻食用的了。

為什麼我覺得他好像喜歡梁本輝呢？好奇怪的感覺。不過，阿薯是個好人呢。

我心神不寧，寫下以上的紀錄，為了什麼？是怕忘記嗎？

回家後，我在遊戲銷售平台創建了帳戶，輸入禮品卡序號，把五百元充值到帳戶裡。當我找到「The Fate」的遊戲檔準備付費下載之際，我嚇了一跳，這個遊戲竟然索價四百九十九元？！這比我的補習時薪還要高呢！亦即是說單是購買「The Fate」一個遊戲，已經一次過耗盡了我的禮品卡！我一直以為網絡遊戲只是幾十元，或最多是百多元的東西，畢竟在 Facebook 和 IG 上經常看到的手遊廣告，點按後進入 App Store 都是免費的，最多是參與的途中花錢買一些小道具，不過是幾十元不等的事。

我認真查看一下這個遊戲檔包含什麼，這幾乎讓我昏迷過去。這四百九十九元的套裝原來只是基本入門版，想華麗地走進這個格鬥都市，還有五百九十九元的豪華套裝。天啊！這個遊戲到底憑什麼？

我忍痛付費下載了「The Fate」。打開便見到四個氣勢凌厲，以中式書法寫成的血紅大字：「格鬥都市」。畫面中央一個空白框叫我輸入稱號，一個行走格鬥都市的稱號。

叫什麼好呢？

實在沒有頭緒啊。想到的都不能完全地代表我。

最後，我還是在框裡輸入「小綠」。行不更名坐不改姓！嘿嘿！這就開始戰鬥吧！我的嘴角禁不住微微上揚。

一幅幅無人的場景像走馬燈一樣略過，有像是純樸鄉村的地方，有像郊野公園一樣的行山徑，也有未來感十足的超現實都市，這些就是遊戲裡的場景吧？在「系統準備中」的等候期間，我開始幻想自己投身於當中會是怎樣的模樣。

「要在格鬥都市成為武林第一高手，一身裝扮自然不能失禮。設計最酷最炫的專屬造型來闖蕩江湖吧！」那隻像山羊又像獅子，跟禮品卡上一模一樣的怪獸説。接著畫面一轉，一個琳瑯滿目的衣帽間出現眼前。

系統首先詢問我的性別。我選了「女」之後，一個穿著白色內衣的女生便從更衣室走出來。系統放大女生的臉部，要我設計角色「小綠」的五官。

「打開攝像鏡頭，可以做出更像真的容貌啊！」

我稍稍整理一下瀏海，便聽從「小綠」的建議打開鏡頭，做出喜、怒、哀、樂四個表情來拍照。我的正面照馬上化成卡通化的模樣，安放在「小綠」的臉上，「小綠」瞇起眼睛哈哈笑、鎖著眉頭氣鼓鼓、眼睛閉成一線嘩啦嘩啦的哭……真的跟我蠻像呢！我忍不住笑了，這應該是搞笑版的我吧！嘿嘿，不過她還是未得到我的神髓。我在五官設計的選單裡挑呀挑……哈，找到了！點按一下，「小綠」笑了，兩顆小虎牙露了出來。哈！這才是我嘛！

我為「小綠」挑選了中等的身高，因為現實中的我個子太小了，我希望自己可以長高一點呢。一點就好了，不貪心。

接著可真是教人最頭痛的部分：選衣服！「小綠」身後「嘭」的一聲變出了長長一衫架，衣服分類選單彈出來：

「古裝—現代—未來」

我好奇地選古裝看一下，搞什麼呢？不是來格鬥的嗎？怎可以穿得像楊貴妃一樣？

笑死我了！我再選下一套，是像英倫貴族的低胸洋裝吧？頭上還配襯相當優雅的禮帽。我再讓「小綠」試穿傳統和服、韓服和長短旗袍。用滑鼠一滑，這裡保守估計應該有四十套衣服吧？中外款式皆有，而且每款還再細分數個版本，選定後再在調色棒上選喜愛的顏色，然後再按衣服配襯髮型、妝容、飾物、鞋履等，真是個大工程啊！

未來的跟古裝的一樣，都是套裝，科幻味十分濃厚，衣服都閃閃發亮。我笑著看過那堆誇張的打扮後，決定還是回歸現代裝扮好了。現代的衣服配襯自由度更大，單是上衣和下身的單品就已經多得教人眼花繚亂。罷了罷了，我只想快點進入格鬥都市！

「小綠」最後穿了一件寬鬆的衛衣配牛仔裙，就像我平日上學的裝扮。我特意為她加上一個軍綠色的背包，拉鏈處扣上貓猫鎖匙扣。人們上網創造自己的形象通常都與真身大相逕庭，我這樣應該反倒會讓人不信這就是真實的我吧？在虛擬世界裡，我們到底想求真還是求假呢？我搞不懂。

「覺得未足夠嗎？不用擔心，以後在商店裡你依然可以買到不同的衣飾啊！」遊戲裡的「小綠」單起眼睛對我說。

我看看枱頭的時鐘，我卻竟然已花了近半小時去弄這個角色造型。實在不可思議，我明明感覺只是開始了十分鐘！遊戲裡的時光，真像真實世界裡的雙倍速快播。

「接著，是最重要的環節囉！你想以什麼武功行走江湖呢？」「小綠」問。

練武室裡，三面牆壁掛滿了中西兵器，我說得出名字的有刀、劍、弓、纓槍，說不出名字的有更多。「小綠」把武術選單遞到熒幕前：

太極、詠春、跆拳道、空手道、泰拳、截拳道、散打、合氣道、摔角、巴西柔術、綜合格鬥技、相撲、西洋拳……其他等等。

「其他」到底是什麼呢？「小綠」說：「想把你的獨門武器帶入格鬥都市嗎？打開鏡頭讓系統給它來個三百六十度掃描，你的專屬武器便會即時到手！」

攝像鏡頭隨即打開，我不知該怎辦，於是隨手拿我的貓頭原子筆在鏡頭前轉一圈。不消數秒，「小綠」突然敏捷地打個後空翻躍到畫面中央，接著「喝喝喝！」的耍起了功夫。只見她真的拿著我的貓頭原子筆往空氣裡刺，像纓槍一樣耍得虎虎生威。這是人工智能的即時演算嗎？還真的似模似樣像門功夫。嘻嘻，就這樣吧！

「現在，就讓我們先到新手練習場，為進入格鬥都市打好基礎吧！」「小綠」伸手到畫面上方往下一扯，練武室即時像布幔一樣的被拉下來。只見藍天白雲，綠草如茵，一個廣闊美麗的農場像海報一樣的貼在熒幕上。無數玩家正穿著各有特色的裝束互相比試。雞棚裡公雞的啼叫、遠方農田水牛悶雷般的響聲，與玩家比武的種種吆喝聲混雜，形成了十分逼真的場景。

「小綠」向我講解過介面操作後，便轉身背向著我等候指示。我操作「小綠」行走，景色從遠至近送來，看到的玩家人數也愈來愈多。同時我也發現，自踏進新手練習場起，遊戲的流暢度便開始減慢，有點卡住的感覺，這恐怕是我家的網速問題了。

我在新手區亂逛，經過一家掛著紅幡的簡陋茅屋時，「小綠」說那就是裝備店，而旁邊掛著綠幡的便是藥品店，可以買到補血的丹藥。

「每條商店街都設有告示版，玩家可以自由在上面張貼消息啊！」

我湊上去看看新手們有什麼話。一眼望去，大多數是「初來報到，多多指教」或想找一起上線的玩伴，交個朋友之類的訊息，然後留下自己的稱號。我點按一下告示版，遊戲介面彈出紙和筆，問我想寫什麼上去。

我想了想，居然寫了這樣的話：

「梁本燁，你在哪？」

現在想來自己當時是瘋了吧？怎可能在公開的網絡遊戲上寫這樣的東西呢？不過那一刻，那句問話真的像魚骨一樣切切實實的扎在喉頭，是那麼的不吐不快啊！梁本輝，你現在在做什麼呢？你在「The Fate」的世界嗎？

我仍想在新手區探索這個超現實的國度，甚至想真的找人切磋試試身手，可惜我的網速真的不太行，愈多玩家出現我的世界便像跳針的唱片一樣卡，這樣真的太不爽了！

我嘆了一口氣，無奈地離開了「格鬥都市」。或許，是時候換網路公司了。

來到Facebook，很多網友在我的專頁留言，都是關心流浪貓的事。我聽到窗外有狗吠，探頭望出去，黑漆漆一片。貓兒已吃了食物，希望牠們能好好一睡。

我再坐下來，一一回覆了網友的留言。

關機。電腦熒幕黑了，安靜了。

好像有種不祥感在蔓延，那是什麼呢？我非常不安，然而，身體卻很累，教我漸漸進入夢鄉。

※※※

小綠帶著一身倦意回到學校。昨晚，她睡不穩，猶如在黑色海洋裡浮沉。

她穿過校園廣場時，有同學攔住她，要求她簽名，是抗議校方在沒有諮詢的情況下，把商學院和理學院三、四年級學生的實習機會，硬性轉移到一個認受性和發展前景皆未明朗的金融科技新市鎮裡。

廣場聚集了很多人，麥克風大聲地響著：「假實習，真騙局！認受成疑，白幹無賠！」

那些同學穿上黃色T恤，頭紮紅色布條，情緒高昂，如沸騰的熱水。

小綠簽了名，想由一旁小路穿過，不過，小路也擠滿人。

不少市民也湧進來，支持這次的活動。他們熱心地幫忙吶喊，請求人們簽名。

小綠擠不過去，回頭打算退出廣場。

這時，她的脖子有一陣寒意，如一把刀架在上面。小綠心頭一跳，回頭一看，但是，她見到的是一張張激動的臉。

是誰？以陰寒的目光盯著我。

她緩緩地一步一步往回頭走，突然，一個高壯的男同學拉住她，麥克風迅速地遞到她面前，撞得她的牙齒發疼。

「小綠同學，你有否覺得妳愛貓愛得過分？」他大聲地問。

小綠狼狽地推開麥克風。

「難道你的心中，沒有人，只有貓？」他追問。

好過分，小綠心中有氣，這人在幹什麼？

她沒回應，繼續擠回頭，人們紛紛注視她。

小綠突然感到無助，如昨晚睡夢中的黑暗海洋，一望無際，唯剩下她。且還有黑暗中的一對眼睛，陰沉而不懷好意。

你在哪裡？梁本輝，我需要你的時候，你在哪裡？

小綠腳步不停，她要撐下去，但是，她的心卻是無比悲傷。

無論怎麼努力，你，也只是一個人。

小綠跑離了喧嘩之地，蹲在地下，抱臉深呼吸。過了一會兒，她好像聽到梁本輝的聲音，她站了起來，整理一下衣領，冷靜地回到教室。

梁本輝如隱身了，沒有出現。

下課後，她如常和同學開會，處理一些雜務。她心不在焉，身旁的聲音都來自很遠的地方，聽不清，細細碎碎的，而聲音如烏雲籠罩著她。

她獨自走到小花園，想了想，終於搖電話給梁本輝。

電話響起時，她的心也怦然地跳，直至轉到留言箱，她的心像停止跳動，失望感充斥胸部。

一輛車對她響號，她回頭看，車裡坐著，是班裡的男同學。

「小綠，回家嗎？送妳回家。」他笑著問。

小綠點頭，上了車。

車子飛快駛下山，天色暗了，廣場的人也散去了。

轉彎時，小綠瞄到不遠處的樹底下，有一隻狗，那狗長得肥大，脖子的繩子延伸著，直到一個人手中。

看不清那男人的模樣，只見他的影子，一動不動。

他的目光好像隨著她，不懷好意的。

小綠不禁打了個冷顫。

「怎麼啦？」男同學問。

小綠微笑回答：「沒事沒事。」

※※※

梁本輝的手機轉到靜音，而且擺在背包裡。

醫院裡不准開電話。

早上，母親感到很不舒服，梁本輝堅持帶她到醫院檢查。

看見母親滿臉悲苦的皺紋，梁本輝只覺心痛。

醫生檢查後，母親走了出來，對倚在牆角的梁本輝說：「沒事的，只是太勞累而已，休息一、兩天就行。」

梁本輝笑了，他扶母親到外面坐下，說：「我先去繳費。」

他心頭的大石放下了。母親在裡面時，他本已做了最壞的打算。

退學找工作，做什麼都好，只要不再讓母親辛苦就行了。

「阿輝，人老了，毛病就多了。你啊，不要太擔心。」母親說。

梁本輝點頭。他怎可能不擔心呢？

回家後，母親興致很高，在廚房炮製他愛吃的冬蔭功。

梁本輝躺在床上，瞪著天花板。

人生無常，早上他憂心，願意以任何條件去換取母親的健康，現在母親無礙，他心情輕快之極。

他期待到晚上八時，嗯，在「The Fate」的世界，他已準備好了，隨時參與戰鬥。

※※※

小綠獨自在家。哥哥到英國看球賽。她擁有可貴的私人空間。

門鎖已細心鎖好，貓兒已拜託朋友照顧，今晚，是屬於自己的。

只待晚飯後，八時。是的，有股奇妙的引力吸引她，要她再次進入「The Fate」的世界。

剛才送她回家的男同學，是約會她嗎?他提出到山頂吃晚飯。不過，小綠婉轉拒絕了。他的神情是那麼失望，實在抱歉，沒辦法，因為我已對任何男生沒興趣了，除了……

這一想，小綠不禁大吃一驚。這是首次坦承自己喜歡梁本輝。

她不禁臉紅，四下張望，好像怕被人窺到心事般。

她取笑了自己，好傻的舉動。

為了更流暢地玩「The Fate」，小綠登記了新的網絡供應商，把少用的程式從電腦內刪除，還特意把手提電腦從房裡搬出來，好靠近安裝在客廳裡的wifi。

這好像已經變成一件神聖的事了。我這樣是否很誇張呢？小綠心想。

八時正，輸入帳戶和密碼，「The Fate」的世界打開了。

小綠仍然處身於新手練習場，今夜的玩家似乎比第一次時更多，但靠近wifi這招似乎湊效，畫面的流暢度比上次改善了不少。在新的網絡合約生效前，唯有先這樣撐著。

好，現在就去實戰區吧！小綠操作著角色「小綠」踏出新手區，畫面一轉，風霜雪飄，寸草不生，「小綠」已經置身於狀甚苦寒的「威靈頓村」。只見畫面裡的「小綠」馬上緊抱著自己，做出冷得要蹦跳的動作。

小綠知道自己該進行格鬥或任務，但遊戲版圖那麼大，操作介面又未摸清，迎面而來那麼多遊戲預設的人物和真實玩家，她有種不知該如何開始的困惑。總不能見人就打吧？況且，格鬥根本不是她投入這個世界的動機。

她點按畫面角落的圖標，一份名單展開來：第一位「萬人敵」，第二位「爆破犬」，第三位「本少爺的劍」，第四位「超音速」，第五位「Pizza」。第二、三、五位的頭像正亮著，表示已在線上。這就是梁本輝熱衷投入的世界？他要做這個世界裡的第一名嗎？

小綠胡亂闖蕩，來到了最多初級玩家聚集的地方，「希斯頓鎮」的商店街。沒等級的新手、青級和金級玩家沸沸揚揚地談論著近期甚囂塵上的消息。

小綠聽到有人說「是貓，不是狗！」，馬上留神走向說話者的方向。

「我也聽說是個關於貓的限時公海任務，不過聽說那任務出現的頻率極低。」

「我知，那個叫『尋找失貓』的任務嘛。」

「有嘗試過嗎？」一眾玩家齊齊看著那個疑似的知情者，一個扮作忍者的金級玩家。

「有啊，可是難度太高。任務給予的時間少，貓又難找，破解不了啊。」忍者說著攤開雙手聳聳肩。

「對啊！」忍者身旁像耶穌的玩家笑著調侃。

「認同呀！破得到才不會在這裡和低等垃圾玩家聊天呢！」忍者毫不介懷地反唇相譏。雖然是矇著面，但感覺是笑著說的，氣氛良好，看來像是朋友。不過到底是真實世界裡的朋友，還是「格鬥都市」認識的朋友，抑或只是萍水相逢遇上，踏出商店街便又戰個你死我活呢？小綠不知道，但覺有趣。

「嗯……不好意思，大家。我聽到你們在談關於貓的東西，請問可以知道是什麼事嗎？」小綠舉手試著發問。

「哦……是女孩子嗎？」「很可愛啊！」「哈，是新手嗎？很久沒見過打扮得這麼正常的玩家了。」一群人七嘴八舌，上上下下的打量小綠，似乎對她相當感興趣。不知怎的，熒幕前的小綠也生出一種被人打量的感覺，但明明只有她一人在家。

「我們說的是一個傳說中的任務，一個可以像坐火箭一樣快速升級成為格鬥之王的任務。」忍者回答。

「是啊。這個任務至今無人能破，但傳說『萬人敵』就是破解了這個任務，獲得超稀有的裝備而從此無人能敵呢。」

哦，「萬人敵」。就是那張清單上的第一名。

「喂，你真是女生來嗎？怎會來玩這個殺氣騰騰的遊戲？你是假裝女玩家的『毒男』吧？」有玩家始終對性別這回事鍥而不捨地追問。

「這個……因為『The Fate』很出名，所以就來玩玩。」小綠回答。幸好隔著網絡沒人看得見她心虛的表情。「我是男還是女，答案就在這裡。」

小綠從背包拿出一疊紙張，逐張派發給眾人。眾人拿起來看，只見紙上印著又大又醒目的標題——「**街貓關注組**」。

小綠深吸一口氣，鼓起勇氣地說：「我知道這樣很冒昧，但請大家花少少時間看看。大家知道舊城區近日發現殺貓狂徒嗎？有人在深夜用食物引誘流浪貓後，將牠們虐殺。現在案件很需要大家多關注，如有住在該區的朋友發現可疑人物，請向警方提供消息。我已就事件報案，如果大家想知道更多關於舊城區流浪貓的資訊，可以到海報上的 Facebook 專頁查看。」小綠雙手合十做出拜託的手勢。「希望各位在關心格鬥都市的貓的同時，下線後也可多多關注『街貓關注組』！」

商店街依然充斥著人們高談闊論的聲音，這群玩家卻陷入了沉默。

良久，終於有人説話。「咦！真是女的啊！」

小綠猜想他們已經上了她的 Facebook 專頁。雖然專頁上從來沒有自己的肖像，但曾拍下餵養流浪貓的影片，裡面有她的聲音。

「殺貓是不該，但你餵流浪貓也一樣是不對。」有玩家冷冷的説。

「對呀，你不該來這裡宣傳這樣的事，這是很掃興，是教人反感的行為。」另一玩家附和。

小綠失望，但這也是她早已預期的結果。她不期待有人會馬上給她熱切的回覆，不奢望會收到鼓勵，雖然失望是已經預期了，但當不好受的感覺真的到來時，即使已建構好心理防禦的堡壘，難受依然免不了。

她弓身説聲「打擾了」便退出這團玩家，繼續向其他玩家派發宣傳單張。有幾位玩家說有留意過新聞，但大多數都只是唯唯諾諾。他們更感興趣的是，為什麼會有這樣奇怪的女孩選擇到網絡遊戲裡做這樣的事。

「竟然有這樣的事？太過分了，怎可以這樣對待小動物？」一個扮作昆蟲俠的玩家說。

「對啊！這真的很兇殘、很冷血！不能讓這變態逃之夭夭！」

「是的！可是警方對這類動物案件一向都不太上心，新聞報道過後，往往就會不了了之。」

「沒錯，所以現在很需要大家幫忙提供線索，才不會讓事件不了了之！」

「你是有飼養寵物的嗎？這麼熱心。」

「我沒有……」小綠搖搖頭。「但我一直有餵飼家附近的流浪貓。牠們很可憐的……」

「哎呀，你真善心！」

「謝謝！如果可以，希望你也能告訴其他玩家或朋友。」

準備離開之際，昆蟲俠叫住了小綠。「喂，如果你想宣傳這個，不如來參加我們的線下活動吧！」昆蟲俠盛意拳拳地遞上一張海報，上面印著許多呆萌的柴犬。

「容我介紹一下，我是『柴犬爸媽格鬥家』的組織人員，我們是一群熱愛小動物的玩家。我們經常聚會，交流玩格鬥都市的心得，也會帶小動物出來聯誼。雖然我們主要是一群飼養柴犬的主人，但會裡也有很多貓奴，我們也歡迎熱愛小動物的新玩家加入啊！如果你來，說不定能吸引更多人關注事件，甚至相約一起做貓義工呢。」說罷昆蟲俠脫下頭套，露出了一個柴犬頭，忠誠的，且笨笨的樣子。

如果可以認識到志同道合，都是熱愛小動物的朋友也不失為壞事啊，小綠在想。

「那麼，你們將有什麼活動呢？」

「這個嘛，我們下週會到海灣辦遊艇聚會，全天吃喝全包。我們不賺錢，只收成本價二百元，只想玩家們能玩得開開心心，彼此認識。現在差不多已額滿，如果你想來認識更多關愛小動物的朋友，以手機支付給我留個位置吧！」

「嗯……」小綠遲疑：這應該是吃喝玩樂的群組吧？真能認識關心流浪貓的朋友？

這時，一個身穿藍色足球球衣的高個子，上前站在二人中間。高個子毫不客氣地指著柴犬頭說：「拜託，別坑新人的錢了。你的事跡已被人放上討論區，已經行不通了。」

小綠轉頭望向那人，是個深棕髮色，皮膚白皙的外國人臉孔。柴犬頭這時撳起嘴唇，露出白森森的尖牙說：「我不知道你在說什麼。」

高個子不理他，向小綠說：「小姐，這個人以玩家聯誼為名，向不同玩家收取活動收費。有男玩家試過付近千元，以為可到酒店吃自助餐結織女玩家，結果最後只窩在狹小的派對房間吃茶餐廳食物，也根本沒有女玩家參與……」

「喂！你這樣說對我很不公平！」柴犬頭急急反駁。「首先，我沒有強逼任何人在非自願情況下參加活動，每個玩家都是自願付費給我的！第二，那次聚會我已事先通知場地臨時被人租用，所以需要轉場地進行，所有參與的玩家都是知悉的，也明白已繳付的費用不會有退款安排！第三，我從來沒有保證過聚會會有多少男女玩家現身，這一切都是視乎參與者反應的！總之，我沒騙人，沒犯法，沒違反商品說明條例！」柴犬頭氣鼓鼓的頭上冒煙。在「The Fate」的世界裡，所有人的情緒都會被誇大演繹。

「是的，你正正很清楚自己沒有犯法，所以利用別人的期望去為自己謀取利益。」

高個子嚴厲地說。「小姐，這個什麼柴犬飼主的組織本質就是這樣，要不要參加活動，你自己好好考慮。」說罷轉身離去。

柴犬頭轉向小綠可憐兮兮地說：「小姐，我只是個熱心組織活動的普通玩家，聽到這樣的誣衊我真的很無奈！我是絕不會強逼任何人參與活動的，我只想給你建議多一個途徑，讓你可以認識更多關注貓狗權益的玩家，你參加與否我是絕對沒所謂的！」柴犬頭重新把昆蟲俠頭套戴上，說聲再見便飛快走了。

小綠只感錯愕。沒想到甫逃離現實走進虛擬世界，馬上便被邀請回到真實世界裡，並要付出真實的金錢，透過虛擬世界去結交真人朋友，而這一切又旋即被拆穿是個謊言。真與假是那樣快速而自然地對換位置啊。

她搜尋一下討論區，很快便看到一個叫「The Fate 柴犬爸媽格鬥家苦主聯盟」的帖文。誠如剛才高個子所講，有男玩家付費期望認識女玩家，結果活動主辦方的所有承諾都無一兌現。主辦方運用像 ladies' night 的收費策略，以便宜的收費向女玩家招手，另一邊廂則向男玩家收取高價，以女玩家來吸引男玩家。

小綠這才想到，剛才那高個子正是討論尋貓任務的一分子，不過當時他沒有發言，所以沒有即時認出來。她追上去找高個子。沒幾步，她就看見那件藍色的球衣，背面印有大大的「8」字。

小綠叫住了高個子。「喂，那個……我想說，剛才謝謝你啊！」

「你應該很少玩網絡遊戲的吧？所以警覺性才那樣低。」高個子說。

「是的……」

「我剛才見你呼籲玩家關注殺貓案，逐個逐個的派傳單，我其實也有留意這則新聞。舊城區確實是流浪貓的集中地……我還記得城中心巴士總站旁的小公園裡，總是固定地有一群三色貓家族聚集……」高個子一頓。「可惜我現在已不住在該區了。不然或可幫上點忙。」

「哦，原來是前街坊。」小綠略感欣喜。「不要緊，只要多一個人知，一傳十，十傳百，或許就能有多一點力量抽出兇徒。真感謝你，沒把我當作傻瓜……」

「怎會？熱血又怎會是壞事呢。」高個子淡淡一笑。

「那……我見你也不斷地在這裡來來回回的，你是在進行遊戲任務嗎？」

「嘿……一半一半吧。」高個子依然淡淡微笑著。

「什麼叫一半一半？」小綠不解。

「我在幫人破解任務。」

「什麼？」

「你果然是新手，你不知道每個網絡遊戲裡，都會有人扮演情報販子的角色嗎？」

「即是說你在這裡收集情報？然後賣給人賺錢？」小綠試著問。

「是的，但不止這樣簡單，我要幫委託人找到破解任務的關鍵東西。」高個子似乎猜到小綠的聯想，馬上笑著補充。「不過別誤會，我不收真錢的，我只收遊戲裡的錢。這也不是官方的正常玩法，不過是我按自己喜歡的方式所進行的玩法。」

嗯，小綠暗鬆一口氣，心想：幸好不是又遇著斂財的傢伙。不過，這人雖然看上去正正常常，但他又自稱正使用不正常的方式進行遊戲，那即是什麼意思呢？

見高個子沒有抗拒聊天的樣子，小綠試著大膽追問：「那你在破解什麼任務呢？收集到需要的情報嗎？」

「嘿嘿，告訴你也無妨，不過你不可以告訴其他玩家。」說著高個子遠離人多的商店街，行到較僻靜處，示意小綠過去。小綠依言聽從。

「我在找『尋找失貓』的線索，剛才就是想聽聽玩家的討論。」

「哦！就是那個傳說很厲害的任務。」

「沒錯，這個任務的死線是兩小時後，所以我要在那之前找到失貓交給我的委託人，這樣他就可以得到所謂的豐富獎賞。」

「那你呢？」小綠歪著頭。

「我？」高個子挑起一邊眼眉，得戚地笑起來。「我會得到委託人出的十萬元呢！怎樣？聰明吧？不用打生打死就能賺錢。」高個子手裡忽然變出一個足球，一撥，足球便在食指上高速旋轉。「這個任務嘛，我還真後悔開價開得太保守！」

「那我又不明白了。」小綠思索著。「假如找到失貓的話，你為什麼不直接去領賞呢？」

「這是不行的。哪個玩家開啟了任務，就要由哪個玩家去結束。」高個子解釋。

「更何況，我根本沒興趣跟遊戲規則玩。」

高個子的手往上一揚，足球便像黏了膠水一樣貼在他的額頭上。高個子雙眼專注地仰望著，頭顱不時左右擺動讓足球保持平衡。「這個遊戲的賞罰制度，就是要逼迫人不斷地進行挑戰。練更強的花招，找更強的對手，把對方拉下來，然後屁股坐上去。然後，享受完一刻的虛榮，又繼續把高處的人拉倒，同時應付位置比你低的人的突襲，腹背受敵。你如何渴望看見頭頂的人摔下來，就如同腳下的人如何渴望看見你摔下來一樣。」

高個子一下一下的提膝控球。「不是勝就是敗的世界，有什麼意思？」

小綠無言以對。這好像是一番需要時間消化的話。從小在學校都是擔當活動組織旗手的她，不是不懂。

「我現在無需參與殘酷而無聊的格鬥，既能助人破解任務，又能賺錢，簡直暢快！」高個子把足球抱在腰側，揮手道別。「我這就尋貓去了，你也就努力保護『街貓關注組』吧。」

這是一種怎樣的論調呢？小綠一時無法梳理，但高個子有強烈的親切感吸引著她。反正在格鬥都市沒事好做，或說是根本沒有任何目標，小綠鼓起勇氣提出請求：

「我也想跟你一起尋貓，可以嗎？」

「叮」的一聲，熒幕彈出選項：

林柏想招募你為隊友

接受／拒絕

「哦，原來你叫林柏。」

「這樣的傳奇也不認識？你還真是個貨真價實的女孩。」林柏翻了白眼。

※※※

根據委託人提供的資料，要尋找的失貓是一頭毛色黃白雙間，叫「牛油」的花貓，而按搜集情報所得，花貓曾出現在「洛依克鎮」和「曼爾頓山山徑」。小綠跟隨林柏到當中四個鎖定範圍尋找，可惜都不得要領，有的根本沒有貓的蹤影，有的則不是「牛油」。

這時距離任務結束的死線只餘下不足一小時，二人依然一籌莫展。

「這果然棘手……」林柏喃喃自語。

「既然如此也沒辦法，唯有見到玩家和遊戲角色都上前詢問吧。我想我們應該已鎖定了正確的範圍，『牛油』應該就藏身於某處，可能只差一步。」小綠不知不覺間把真實世界的貓和「格鬥都市」的貓融合，對「牛油」的著緊，在不自覺之下已超出了常人對待遊戲的態度。這就如她每次涉及學校的活動，總在不自覺下投放了大量感情，而且帶著一股必須要完成到底的執著。

「是的，我也認同。我們就抓緊時間分頭向路人查問吧。」林柏說。

小綠幾乎截住每個從身旁路過的玩家。「不好意思，請問你有在這附近見過一隻黃白雙間的花貓嗎？」

沒有。所有答案都是沒有。

樹底、花圃、民居、池塘、寺廟、冷巷……小綠把可疑地點再搜索一遍，依然連一根貓毛也沒找到。

她靠在屋簷下靜靜觀察每個玩家的模樣。晚上近十時，「格鬥都市」的世界熙來攘往，玩家像潮水一般往來，繁華程度好比舊城區中心的中午時分，各行各業的人都湧到街上，步履匆匆的只為覓一口茶飯。

哪個看似會知道「牛油」的所在呢？

正當小綠想取笑自己「以貌取人」之際，忽然一股觸電的感覺流遍全身，教她「呀」的一聲叫出來。

她看見一件非常眼熟的物事在臉前搖晃而過。一個鎖匙扣。

「先生，」小綠追上去。「噢……請問，你在附近有見過一隻黃白雙間的花貓嗎？」

那人沉思良久後點點頭。

小綠大喜。「是在哪裡呢？」

「……在『洛依克鎮』商店街附近的屋頂上。」

「噢！太感謝你了！我這就去看看！」她要馬上會合林柏去捕捉「牛油」。

「嗨……」那人叫住她。「那隻貓……好像只出現一會就會自動消失……需要我帶你去嗎？」

太好了！怎會遇上這樣的好人？小綠喜上眉梢。正想答允之際，滑鼠竟然卡住，熒幕上的一切竟凝住了，動彈不得：

通告

請各玩家注意，疑有不法分子於「Fate 格鬥都市」內盜取玩家點數，令部分玩家蒙受損失。為配合警方調查，「Fate 格鬥都市」現暫停營運三十分鐘。

尋找你要的生命元素

10

「Fate」停止運作了。梁本輝心情激動，他站起來，在房間徘徊，心跳得好急，他終於決定第一次示愛。關於愛情，他不懂，他只懂得那一刻，他非說不可，說出來，他沒後悔，只覺得懸掛的心，落到某個安穩的地方，然而，情緒仍然激動。

剛才在「格鬥都市」裡，那個穿衛衣牛仔裙，背軍綠色背包尋貓的女孩，深深地震撼了他的心靈！當聽到貓兒的下落時那欣喜的笑容，還有露出來那雙尖尖的小虎牙……他幾乎昏了過去！這還可以是誰？在一個一夜可以有上萬人在線的虛擬空間裡，要偶遇一個人的機率是多少？

他跑出房，才想到母親已經睡了。他悄然走到母親房門外，隱約聽到母親節奏穩定的呼吸聲。嗯，差點吵醒了母親。

他深呼吸一下，發了個訊息給小綠。

「在做什麼？」

訊息才發送成功，雙剔便變藍了。

「嗯……在等你。」

梁本輝但覺心頭一熱，決定直接撥電話給小綠。

小綠似是在等他電話似的，立即接了電話。

雨，灑了下來，輕輕的、柔柔的。

他倆只是像傻瓜般地笑，然後，他又重複剛才的話：「在做什麼？」

在電話裡，小綠的聲音帶著嬌嗔，圓潤、清脆，和真實的小綠聲音有點不同。

「嗯，沒做什麼，因為有預感，你會給我電話。」小綠笑。

他又笑了，說：「有些話，好像未說完，但又好像說完了。」

小綠說：「是啊，不過，我們可以繼續說下去，時間對於我們來說，是漫長的。」

「下雨了，希望貓兒安好。」

「這幾天，我都很不安，總覺得有事要發生。我也不知道是什麼原因，那和貓兒有關。」

「因為殺貓兇手？」

「或許，我覺得有人跟蹤我。」

梁本輝臉色一沉，說：「小綠，雖然我了解你對貓的感覺，不過小心為上。」

「嗯。或許是因為小時候的情意結。父母很早離世，我和哥相依為命。我們由一家接一家，到親戚家寄宿，猶如流浪貓。」

梁本輝安靜地聽。

「哥哥現在以賣電腦配件為生，他儲了錢，現在終於可到倫敦看他喜愛的球隊比賽。說來，後天他才會回來。」

「你一個人在家？」

「是啊，很自由。」小綠笑說，「但又有點想念哥哥。」

「鎖好門窗。」梁本輝突然很囉嗦。

小綠說：「嗯。我已鎖了。記得小時候，父親也時常叫我鎖好門窗。」

「想念父親？」

小綠停一會兒，開朗的聲音又傳來，她說：「偶爾，想念他的熱心吧。有時候，很累撐不下去，就想念他。」

「我盡說自己的事，」小綠笑說，「你記得我的禮物嗎？那個柴犬扭蛋？」

「怎會不記得？就擺在我眼前。我在『The Fate』世界的名字，就叫『爆破犬』，正是有個犬字，就是因為柴犬啊。」

這時，他聽到那邊一陣騷動，即說：「發生何事？」

「外面的狗在叫，我還是下樓看看，怕狗咬貓。」小綠說。

梁本輝毫不猶豫地說：「我過來，陪你下去。」

「沒事的，我對這區很熟悉，再說，夜深了，你還是好好休息，我們明天在學院見，可好？」

梁本輝只好說：「嗯，你……小心好了。」

「知道了。」

梁本輝掛上電話，他又上了網，留言區的玩家好像依然很興奮，紛紛留言，認為警察沒可能查到真相。也有留言引起激烈討論的，那就是對於今晚，「爆破犬」和「萬人敵」竟然沒來一場大戰很失望，但也同時，在猜測他們何時會來一場大戰。

網路很慢，可能是電腦問題吧。梁本輝終於覺得很累很累，他關了電腦，爬上床，孩子氣地說：「小綠，晚安。」

慢慢地，陷入夢鄉裡。

※※※

早上，梁本輝懷著興奮，卻又害羞的心情上學。

他路經公園，停步回想，小綠曾經在這裡，大聲地喊叫他：「梁本輝！」

有個帽子壓得低低的男人，拖著一頭大狗，與他擦身而過，他本不為意，但突然，又感到似在哪裡見過，回頭一看，那人已走遠了，背影籠罩著一種陰霾氣息。

回到教室，他四下尋找小綠，卻不見她。

怎麼回事？約了在此相見。他撥電話找她，電話轉到留言箱。

梁本輝等了十五分鐘，再撥電話，依然如是。

他想起昨晚，小綠摸黑下樓，開始不安起來。他到飯堂，熱心女同學、小豆等人正聚在一起。

「見到小綠嗎？」他問。

熱心女同學奇怪地說：「嗨，梁本輝，怎麼突然關心小綠啦？」

小豆看來已從失戀中恢復過來，她說：「小綠是該休息一下。」

那個有車子的男孩笑說：「當然，有誰比得她熱心助人？時常熱心助人，不累才怪。」

熱心女同學插嘴說：「所以，她不來學校，才算正常嘛。」

梁本輝冷冷地從他們之中退出來，他不生氣。小綠，我不是早就希望妳從這種圈子裡擺脫出來嗎？然而，不就是她的這種純粹個性吸引他嗎？

他不介意了，他只想見到小綠。

他叫自己冷靜，他的拳頭一伸一縮，慢慢地走出校園。

這時，他的腦海浮出便利店，還有那個叫阿薯的職員。

他急步疾跑，那晚，那職員好像送過小綠回家。

飛跑出學校時，他感到背後有對眼睛一直隨著他，他不管，此時，找到小綠才是重要。

他氣喘地衝進便利店。

「歡迎光……」阿薯剛以機械性的口吻張口時，見到是他，滿臉笑意。

梁本輝撲上前，阿薯立即迎上來，柔聲說：「有什麼需要？」

梁本輝覺得失態了，退後轉頭，待定一定神，說：「那個小綠，你記得嗎？」

阿薯有點失望，說：「噢，你來找她？」

梁本輝點頭，阿薯笑了，說：「你們是情侶？」

梁本輝肯定地點頭。

阿薯說：「噢，突然發展得那麼快。」

「見過她嗎？」梁本輝焦急了。

阿薯說：「好好，別急，我說，昨晚她來過買貓糧。」

「她看來怎麼樣？」

「很甜蜜的樣子囉。頭髮被雨弄濕了，竟還露出笑容。」阿薯說。

「後來呢？」

「後來……，她『咦』的一聲，望向窗外，臉色好像大變。」

「她看到什麼？」

「她問了一個很奇怪的問題，她說，阿薯，你看到外面有個拖大狗的男人嗎？」

啊，拖著大狗的男人？

「你看到嗎？」梁本輝追問。

阿薯想了想，說：「看到，戴帽子的，帽緣壓得低低的。」

這時，梁本輝想起公園那男人。

「然後呢？」他又問。

「然後，小綠說她有點害怕，不敢回家。」

「你送她回家？」

「我走不開，我說要不要報警？她搖頭說不要就走了。」

梁本輝知道再問不出什麼。

便利店的客人以奇怪的眼光打量他。一個穿西裝的男人，以銳利目光掃了他一下。雜誌架上的網絡遊戲雜誌的封面上，是「爆破犬」和「萬人敵」張牙舞爪的模樣。然而，梁本輝一無所動。他的心思都放在小綠身上。

梁本輝決定直接找上門去。他衝出門口，快步而去，忽然又停了下來，回頭望向前頭的公園。

那個拖著大狗的男人，正站在公園門口，而且，與另一個男人交談。這男人的目光瞧往他這邊，梁本輝當下知道，這目光就是在學校感到被跟蹤的目光。

他猛地往他們衝去，如一頭鬥牛。

兩人見他來勢兇猛，愣住了，才想起要躲開時，那拖狗的人已被梁本輝撞倒。另一個男人想出手，梁本輝本能閃開，把拖狗的男人按在地上，說：「小綠在哪裡？」大狗吠叫，撲上來，拖著大狗的男人急喝住牠。

不是男人的聲音？梁本輝定睛一看，那人的帽子掉了，一頭烏黑長髮散了出來。

那個在便利店穿西裝的男人跑了過來，把她扶起來，說：「我是警察。」

梁本輝垂下手，他滿臉疑惑。

穿西裝的男人亮起警章，說：「我叫刑亮。」

「為何跟蹤我？」梁本輝說。

「關於『The Fate』的犯罪案件，我們是來負責調查的。」他說。

另一個男人說：「我是刑探員的拍檔。小伙子，你好魯莽！」

「我女友小綠失蹤了。」梁本輝說。

「那和這女子有啥關係？」刑亮問。

「我以為她是男人，而且，她時常在這裡出沒。」梁本輝不好意思地說。

「所以，我看來很可疑。」那女子說。

「小綠經常來這裡餵貓。最近，有殺貓兇手出現。昨晚她離家後就不知去向。」

那女子仔細打量梁本輝，突然問道：「你是否認識阿光？」

梁本輝極詫異，點頭地說：「妳是誰？」

那女子微微一笑，說：「我叫初美，阿光的姐姐。我在阿光的寓所，見過你的照片。」

梁本輝恍然大悟，難怪阿光的寓所如此整齊。

「找到阿光嗎？」他問。

初美搖頭，略為苦笑，說：「父母很擔心，我休學後，從歐洲回來搜尋……」

她望一望刑亮及他的拍檔：「連警方也幫不了忙。看來，阿光是不會再出現了。父母已做了最壞的打算。我也要離開這處傷心之地。」

刑亮不好意思，故意望向遠處。

梁本輝心情沉下去。阿光，你到底在哪裡？他想起小綠，就問：「昨晚，你見過一個嬌小女孩嗎？」

初美搖頭：「之前只有數面之緣而已。」

刑亮打斷他們的對話，說：「或許，到小綠家看看。」

初美微笑：「嗯，快去吧。那再見了。」

梁本輝向她報以一個微笑，揮手隨刑亮而去。關於阿光的一切，似乎隨著告別初美而結束了。

※※※

刑亮長得粗壯，站在電梯裡，只覺得空間狹小。「舊樓的空間很小。」刑亮自我解圍。

「新樓更小，如籠子。」梁本輝沒好氣地說。小綠的家，就離他家兩、三條小巷，這個舊區，就是他們成長的地方，雖是陳舊，但是他們喜歡。然而，他們是在「The Fate」世界才表露自己的心意，為何如此？是世界已超出他們的想像，還是，人的心底話，只會在觸不到的情況下，才能說出來？

他想著想著，刑亮已按門鐘。

門「嘎」的一聲，開了。

小綠額頭包紮著繃帶，一隻腳也包著並吊起來，她的臉色蒼白：「梁本輝？」

梁本輝上前，抱住她，抱得緊緊的。

一分鐘後，刑亮咳了數聲，說：「是不是該讓這小姐坐下來比較好？」

梁本輝有點尷尬，扶小綠坐下。

「我是警察。」刑亮說。

小綠望著梁本輝，問：「怎麼了？」

「這位先生很擔心你。我本來是調查『Fate』的案件，不過，他卻認為你遭遇不測，所以先陪他來看個清楚。」

小綠握住梁本輝的手，說：「對不起，嚇壞你了。昨晚我見到殺貓兇手了。是個女人，穿乾濕褸及高跟鞋，跑得飛快。她好像設陷阱要讓我跳入。我不是說有狗叫聲嗎？我下樓時，不見有狗，於是到便利店買貓糧，回來餵貓。才一入小巷，那女人就衝了出來，把我往斜坡推。我一腳踏個空，便往馬路滾下去。幸好，馬路的車緊急停住。司機下車，那女人就跑了。後來，司機扶我到附近的跌打店，老闆開門，見是街坊，便幫我包紮，還扶我回來。」

「怎麼不給我電話？」

「電話跌壞了。我見沒事，就睡覺去，本想今天Facebook發訊息給你，結果才發現自己的網絡合約弄錯了，新合約要等到半夜十二時才生效，以至家裡全天都沒網絡。」小綠眼眶紅了。「對不起……讓你擔心了……」

「嗯，沒事就好了。」梁本輝安撫她。

他想起在便利店裡，阿薯遞給他的一包紙巾，於是掏出來，放到她手心，說：「來，像『格鬥都市』那樣抽卡，看看今天的幸運星吧。我有種預感，我快尋到殺貓兇手。」

小綠由紙巾包取出一張小卡，卡上印著最多的幸運星，上面寫著：「尋找你的生命元素：熱情。」

小綠破涕而笑，那笑容令梁本輝的心軟化。生活那麼苦澀，那麼寂寞，然而，見到這種笑容，梁本輝覺得什麼都不要緊，什麼都可以拋開。

是的，他願意為她做任何事，而目前提要做的，就是讓小綠安全，他非要揪出兇手不可。

刑亮和拍檔互看一眼，電光火石間，他們好像知道了故事的發展。

The Fate FOR LOVE

11

當梁本輝和小綠正沉醉於二人世界時，刑亮側著身，橫在他們中間。

他咳了數聲，說：「抱歉，你們的世界很青春很甜蜜，令我們這些老了的人，又羨慕又妒嫉，不過，妒嫉是妒嫉，調查是調查。」

刑亮繼續說：「近日網絡罪案不斷增加。很多時候，把私人資料透露，容易被盜取資料來犯罪。『The Fate』不就是發生了案件嗎？」

「到底發生了什麼事？」梁本輝追問，「網民議論紛紛，但是，誰也不知道發生什麼事。」

「警方仍在調查中，你也小心為好。」刑亮說。「你也是玩家？」

梁本輝直言：「是的。」

「每個小小的線索，我們都得跟進。」

小綠掙扎地想站起來，梁本輝扶住她，她說：「梁本輝不會做這種事。」

刑亮笑了，說：「我沒說是他，不過他為了尋找你，他好像瘋了似的，這引起我們的注意，來到這裡，知道你曾被襲擊，那已是刑事案件了。我們懷疑，這樁案件可能和妳在 Facebook 專頁寫的帖文有關。所以，我們想查看你的電腦。」

梁本輝望向小綠，小綠點點頭。

「餓了嗎？」他說。

小綠微笑地說：「餓得快昏了。」

梁本輝到附近的超級市場購買一些食材，就急步回來，便入了廚房煮食。

小綠斜坐沙發，望向廚房內的他。梁本輝此時看來很高大，衣袖捲了起來，靈活地穿梭於小小的廚房。

她目不轉睛的，梁本輝感到小綠在望著他，他回頭，兩人相視一笑。

簡單的三色水蛋、炒青菜、芫茜肉片豆腐滾湯，陸續地端出來，小綠只覺香味四溢。

她看一看刑亮和他的拍檔，含笑地說：「一起吃嗎？」

「噢，謝謝，我們吃便利店的麵包。」刑亮說。

梁本輝和小綠吃了起來，兩人邊吃邊笑邊談，已忘了兩位警察的存在。

「咦，我忘了，你好像不能吃蛋。」梁本輝說，「我還是下樓買其他的回來煮。」

小綠按住他，說：「別傻，不要緊的。」

「那麼吃菜、喝湯。」

小綠卻捧著肚子，說：「我已吃飽了。」

此時，刑亮的拍檔示意電腦已搜查完畢了。

梁本輝望向牆上的鐘，二十四小時將過，「The Fate」已經重新啟動，他陷入沉思：今晚，是「爆破犬」和「萬人敵」的決戰。

刑亮問梁本輝：「你是否還有另一處上網的地址？」

「這是關於……」

刑亮拿出一個地址給他看。

梁本輝說：「嗯，這是同學阿光的寓所……」

「你可曾在那裡登記上網？」

梁本輝說：「沒有，阿光曾托人給我鎖匙。那人很有可能去過他住所。」

「是誰？」

梁本輝竭力回想，說：「已不記得是誰，那天下著大雨，好友無故離開，我當時有點奇怪，阿光為何不直接交鎖匙給我，這可能有他的理由……」

那個地方裡曾是我的另一個「Fate」，逃避世界的地方。梁本輝心想。

「所以，你一無所知？」刑亮說。

梁本輝點頭說：「是的，當時很多事情對我而言，都沒有答案。」

刑亮和他拍檔收拾東西，準備離開。

他望向梁本輝，問：「你在『Fate』的代號是什麼？」

「『爆破犬』。」

刑亮欲言又止，回頭走了。

他們離開後，梁本輝收拾碗筷，小綠說：「阿輝，不用擔心。你的表情，嘴角往下拖。」小綠把嘴角往下按。

梁本輝笑了，說：「那麼明顯？」

小綠拚命點頭。

梁本輝洗好碗筷，沖了兩杯茶端出來。

「我想起阿光。」他說。

小綠理解地握住他的手，雙眼閃亮，梁本輝心中一動，頭緩緩地往她的嘴巴湊上去。

小綠閉眼等待著……

※※※

兩人同時張開眼，很近很近地相望，眼前人變得溫暖。

梁本輝微笑望著她，小綠的臉通紅望著他。

「你要出場了。」小綠提醒他。

梁本輝站起來，撫摸她的頭髮一下，跟著走進房間。

他甫進入「The Fate」世界，即引來騷動，玩家就是期待這一場好戲上演。等了很久，才見「爆破犬」進入，但「萬人敵」依然潛藏。

「The Fate」正式舉辦的格鬥大賽，贏家除了可以獲取一筆獎金，更可以代表所在地賽區挑戰其他亞太區選手，戰勝可獲得百萬大獎。玩家都蠢蠢欲動。「爆破犬」當然成為他們的勁敵。

梁本輝笑了，他只在留言區留言：「爆破犬」絕不參加格鬥。

留言後，他當即退出網絡。這舉動來得比他想像中輕易，他好像把套在身上的沉重戰衣全然脫棄。「歡迎你回到真實的世界。」他這樣對自己說。

他走出房間，小綠有點詫異，問：「咦，戰鬥結束？」

他笑說：「嗯，結束了。」

窗外傳來貓兒的喵喵的叫聲，小綠說：「噢，要餵貓了。」

「嗯。」梁本輝應了一聲，替小綠穿上雨衣及雨鞋，斜背袋內裝著貓糧的袋子，然後，他揹起小綠。

「重嗎？」小綠笑問。

「好重，重得我的腰部都扳不起來。」梁本輝笑答。

小綠很輕。或許是這樣，他更是小心翼翼的，不能讓風吹走她。

他們緩緩地走下斜坡。梁本輝的汗味混著雨味，滲入小綠的鼻子，好像進入一個不知曉的世界，不過沒有恐懼，有的是安全及溫暖。

到了小巷口，雨點灑得急促，灑到兩人臉上。小綠温柔地用紙巾為梁本輝抹去雨水。

梁本輝小心翼翼地把小綠放下，然後馬上撐傘護著小綠。

「哎呀，你當我是易碎品，要小心輕放嗎？」小綠雖笑罵，但內心充實，連空氣也有甜味。

梁本輝笑而不語。他發現不知從何時起，面對小綠，他除了笑，竟然什麼也不懂說，腦筋也轉不來。是愛在腦海裡釋出分泌，要我停止思考，專注把情人的模樣刻下來嗎？

流浪貓開始走出來，「嗨，來了一個新朋友，咦……才不是呢，是舊朋友。他曾替你們擋雨呢。」

三四隻小貓圍著盤子嗅，慢慢地放下戒心吃起來。梁本輝撫摸牠們軟綿綿的毛，心也一點點地軟和起來。

這是他所不知的世界，他的保護甲在脫下，竟然沒有恐懼感，縱然，依然有傷害，他也不後悔，因為有小綠，那就行了。

就在小貓吃得津津有味時，梁本輝的手機響了。

是刑亮。

「有事詢問。」刑亮說。

「怎樣了？」梁本輝問。

「我們在你中學同學阿光寓所的電腦裡，找到他的資料，他可能是盜取玩家點數卡的人。」刑亮一頓。「你認識一個叫林仲賢的人嗎？」

梁本輝找不到這名字的半點記憶：「沒有，我不認識。」

「他跟你同年，也一樣住在舊城區，他就讀的中學正與你的中學相連，兩間中學有一條共用的樓梯。你確定不認識他？」

林仲賢？實在毫無印象。

「可以告訴我更多嗎？」梁本輝希望能幫得上忙。

「我們已經找到他租住的劏房，並發現有染血的兇器。我們已經正式逮捕他，現在只待化驗報告出來，看那是不是貓血。林仲賢利用阿光的 **IP Address** 犯案，而不是自己住所的 **IP Address**，他很可能是阿光認識的人，所以你也很有可能認識他。如果你想起任何關於這人的資料，要馬上與我聯絡。」

刑亮掛斷電話後，梁本輝把事情一五一十地告訴小綠。

「你也是就讀這區中學的，有認識這個人嗎？」梁本輝問。

「嗯……沒有啊，我的中學跟你們那邊還蠻遠的……」小綠皺起眉頭認真思索。

「不過……我想起那時我班有個女同學跟那間中學的男生相戀了，是足球隊隊員來的。我跟那個女同學其實不算熟稔，某次下課後，我們一群女孩跟著她到公園的足球場，她說是要為男友打氣，也想介紹男生給我們認識。於是我們在看台上觀看那間中學的男生比賽，他們身上的球衣有名字的簡寫，我們在台上偷偷討論哪個男生最強壯，又哪個最英俊……」小綠尷尬地笑起來。

小綠抬頭，發現梁本輝臉色轉變，那雙濃眉八字型地沉沉壓在眼睛上，眼神更是疑惑？驚詫？難以置信？小綠無法找到精準的言詞，來形容梁本輝眼中那團自遠而近，聚小成多，彷彿即將要刮起暴風雨的巨大烏雲。

「梁本輝……？」小綠擔心起來。

突然，貓兒都聳起了背，「嗤嗤」聲地叫，眼神望向前方。

「咯，咯，咯。」

巷口中，一個穿乾濕褸的身影踏著高跟鞋聲而來。來人腳步跨得很大，充滿惡意。

雨飄著，那人捽一捽長長的頭髮，手指往上揚。

梁本輝見來人的臉突明突暗的，如鬼魅，是男的，還是女的？

他的手機又響了，他按了接聽，是刑亮的聲音：「你們在哪？」

「我們在餵貓。」梁本輝答，視線沒離開過那件乾濕褸。

「快走！事情不簡單。剛剛收到街坊報案，說聽到住所樓下西邊街有貓叫聲，從窗口望下去只見一個人影離開，現場留有貓屍。犯案者可能不止一人！」

微弱的月色照進來，梁本輝只見來人的手抓住一隻小貓，牠正發出微弱的叫聲。

那人的另一隻手，有閃光，梁本輝定睛一看，是刀子。

乾濕褸突然迅速地撲向小綠，梁本輝即時搶前擋架，但遲了，小綠已被那人揪到身前，短刀架到她小巧的脖子上。

小綠的眼睛只望著小貓，淚水直流。

「救貓……」她微弱地叫。

梁本輝的腦海飛快地閃動——救人？救貓？找東西擲過去？衝前搶刀？大叫求救？

突然一切消失。

一道記憶，像暴風雨刮起前，紫色天空裡的閃電。閃電微小而纖幼地在遠方無聲一閃，卻確實地把天空割開。

林仲賢。Lam C Y。球衣。

「好久不見了，梁本輝。」是男人的聲音。

登出・登入

12

眼前人樣貌陌生，但梁本輝肯定有見過他。

他胖了，皮膚粗糙，化了濃妝，紅臉泛起一層油，他長得很高大、粗壯，那件乾濕褸將其撐得漲圓飽滿。他的假髮歪了，半遮住他的胖臉。

「很奇怪吧？你不認識我，我卻認識你。」乾濕褸笑，一個異常壓抑和扭曲的笑。

「我還認識你好友劉世光。」

梁本輝暗叫自己冷靜。他的手指已握成了拳頭。然而，小貓的哀叫，小綠的淚水，都令他心緒大亂。

「我知道你是誰了。」梁本輝從牙縫間迸出一字一句。「你是林仲賢的隊友。為甚麼？」此刻，怒火雄雄上升，這情況，就像他面對著「萬人敵」一樣，他有種非殺不可的怒氣！

乾濕褸一張扭曲的模樣變色了，變得更陰沉。但他沒答話，只聽貓兒叫得比剛才更淒厲，身體痛苦得瘋狂扭動。乾濕褸的手暗暗用力鎖緊了貓頸。

「放下牠！」小綠大叫。

乾濕褸說：「嘿嘿，范小綠，富有同情心的小女孩。」

這時，不遠處，有隻小腿受傷滲血的三色貓不停地向乾濕褸嘶叫。是小貓的母親，牠從西邊街奮力追來要搶回牠的骨肉。

小綠淚流得更急。

梁本輝痛心，且帶著憤怒，盯著乾濕褸。

乾濕褸得意起來，說：「怎樣？想投降嗎？嘿嘿，我知你是不會這樣做的，因為你們是要戰鬥到最後一秒鐘的人啊！」

梁本輝不語。他明白乾濕褸在說什麼，恨什麼。

乾濕褸搖搖頭，說：「如果不是因為你和劉世光，我們今天，根本就不用在這樣的局面下相遇。如果不是因為你們硬要戰到最後一分鐘，我和仲賢早就升上大學，一起快樂度過四年時光！你們根本不知道，為了逞一時之快，作下了多大的孽！」乾濕褸激動喘氣。

「你們以為自己從沒愧對任何人。你們覺得自己理直氣壯，錯的是我們嗎？……就因為最後你們射入一球，我和仲賢的獎學金就泡湯了。後來仲賢考車牌跟他父親做的士司機，但只是一年，一年後他便撞車了！那個醉酒衝燈的沒死……仲賢卻切斷了兩條腿！」乾濕褸咆哮。

「仲賢可是我們的前鋒來呀……」他的聲音顫抖著，比哭更悲哀。「我為了讓仲賢振作，為他應付日後的醫療費拼了命地賺錢。我在一間香薰公司待得好好的，結果突然有一天，公司老闆消失了！我的錢，我的貨，都沒了！我是受害者，卻還要被告上法庭！這一切都是因你們而起！」乾濕褸的眼睛噴出了地獄之火。

「貓也好，范小綠也好，這些所謂美好可愛的東西都在我指間。你知道嗎？你自己看不到，你現在的表情是多麼的恐懼，跟你在球場上時差得遠啊。你其實跟我們都一樣，憑什麼意氣風發？我呀，絕對比你更勇敢，更厲害。剛才的電話是警察打來的吧？仲賢已經被捕了，我也沒所謂了！來這裡殺貓，殺了范小綠也沒所謂。」

小綠的臉氣得通紅，她突然奮力推開乾濕褸的刀，大聲地喊：「你這變態！快放下小貓！」

乾濕褸沒料到她來這一招，小綠更不顧腳傷，狠踢他一下，他往前絆了一下，刀子伸前，他想轉刀時，刀子卻割了自己的手腕一下，刀傷不深，但血立即滲了出來。他惱怒了，一站穩就毫不猶豫地把小貓往牆壁摔去。

梁本輝眼明手快，飛身撲過去，在小貓將摔撞到牆時，他攔手接住，身體卻往後退，左臉被牆擦傷了。他立即放下小貓，乾濕褸的刀子已往他的脖子刺來。

他迅速揚起手格開刀子，但乾濕褸的手肘已撞到他臉上的傷口。他只感到一陣暈眩及刺痛。他想先退，蓄力再進，然而，擔心背後的小貓和小綠，一時之間，進退兩難，刀子又劃破他的身子，血染紅了他的 Nike 外套。

小綠嚇得尖叫。

在遠處的三色貓衝了出來，靈活地閃躲著，牠一口叼起小貓，「咻」一聲地逃掉。

小綠大叫：「小貓已安全了！」

梁本輝當下叫好，想來個反擊，但身上的傷口，刺痛擊來，他腳一軟，絆了一下，撲倒在地。乾濕褸的刀子，又架到小綠的脖子上。

小綠站直沒動，她擔心受傷倒地的梁本輝。乾濕褸呵呵地笑，說：「是啊，范小綠，你以為一切與你無關嗎？你知道自己在幹什麼嗎？你還真無知。你以為你的熱心，能得到別人的喜愛嗎？錯！那些男孩只想著性而已。女生呢，她們私底下斤斤計較，妒嫉你得到男生的喜歡。你在討好什麼呢？我看你的熱心，就替你不值啊，可憐的人！」

小綠當下明白，她的目光在追隨梁本輝，而乾濕褸則一直在她背後監視她。

「你寫的日記，好可笑！你喜歡梁本輝，但這人有什麼好？他了解你嗎？不，他冷酷無情。我在中學時，也想和你一樣，熱心、待人好，卻換來什麼？哈哈，是被欺凌啊。你想像不到吧？像你這樣受歡迎的可人兒！很詫異吧？你的日記、妳的Facebook專頁、你的電郵，我都一清二楚。仲賢就是那麼厲害的人，即是雙腳沒了，也難不倒他；他自學編寫程式，還厲害到可以在網絡遊戲裡鑽空子，賺大錢。但我不可以讓仲賢再冒任何險，於是我馬上想到了劉世光，那個一腳把我們未來踢粉碎的混蛋！用他的 IP Address 來辦事就最好了！」

乾濕褸的刀在小綠脖上撥來撥去。「嘿嘿，很可笑，本來我是完全沒有留意到你的。可惜，你太多管閒事了，又餵貓又要捉殺貓兇手什麼的。我和仲賢都很討厭貓，我在仲賢的劏房裡時，看見貓不請自來，我一手便把牠捉住丟到街上。有什麼值得流淚呢？我們的日子過成這樣也沒人流淚呀！有什麼好熱心呢？都沒回報呀！為什麼要待人好呢？都是等著被反咬一口呀！」

小綠深吸一口氣，她閉上眼，一字一句清清楚楚地說：「恨，是很大的傷害，特別對自己。你受過傷害，所以，你要反來傷害人或是沒反擊能力的貓兒。這是惡性循環。其實，初時貓兒不見得就喜歡我，後來經過幾次，牠們才敢親近我。尊重或是信任，豈是一天可建成？我對你的想法，絕不認同！」

乾濕褸愣住了，梁本輝撐起身體，搖晃站了起來，說：「放下刀子。」

乾濕褸歪嘴一笑，說：「事到如今，已沒辦法了。」

他揚刀而起，但一團黑影撲了過來，喵的一聲尖叫，抓傷他的手，繼而撲到他臉上，是三色貓。

牠發狂地抓他。乾濕褸痛叫，不停地扭身，想把貓捉下來。梁本輝乘機衝前，一把捉住他的手腕，扭轉手腕，刀子也隨之要掉下時，貓兒也被乾濕褸摔了下來，他踢了貓兒一腳，牠慘叫一聲退後。刀子咔啦一聲掉了，梁本輝蓄勢而出拳，猛的一擊，把笨重的乾濕褸踢出老遠。

這時，警車抵達了，刑亮等人隨手扶起軟巴巴的乾濕褸戴上手銬，他向梁本輝和小綠略微點頭，沒說半句就上了救護車。

車子走了，小綠和梁本輝緊牽著手。小綠的另一隻手，則抱著三色貓。

小綠憐憫地望著牠。三色貓的眼皮眨動著，眼睛終於開了，清綠而晶瑩的雙眸，美麗極了。牠伸爪，舐了一下，再凝望小綠，坐了起來，叫了一聲「喵」。

「沒事了？」梁本輝驚喜地問。

「看來暫時沒事，明天才帶牠去檢查。牠放不下自己的兒女。」小綠說。

三色貓跳了一下，小貓步履蹣跚地向牠走來，喵喵地叫著，三色貓舐著牠們的頭，然後，帶著牠們往小巷深處走去。

梁本輝和小綠不捨地望著牠們遠去。小綠眼紅了，梁本輝說：「做女孩真好。」

「為什麼？」

「想哭，就哭。」

「你想哭？」

「哭不出，但感覺和你一樣吧。」

「那我的感覺是怎樣？」小綠說。

梁本輝剛想開口，小綠微笑地用手指按住他的嘴巴，說：「什麼都不用說，我知道了。」

梁本輝嘴角往上彎，他發現由心發出的笑，是那麼舒服和坦率。

雨停了，烏雲散去，月亮的清輝一點點地灑進小巷裡。

※※※

這數天的「The Fate」格鬥城市，如沸騰的水般滾熱，格鬥比賽尚未開始，但那獎金已令來自世界各地的玩家爭先恐後地報名。

留言區的討論，也熱鬧非凡，焦點都在於「萬人敵」與「爆破犬」身上，他們都沒出現，只知道「爆破犬」留下一句：絕不參加。

大家都覺得奇怪，因為爆破犬狀態大勇，當然，大家都說他可能被那個莫名其妙的女孩「街貓關注組」誘惑走了，英雄難過美人關。

另一個猜測是，「萬人敵」與「爆破犬」可能是遊戲開發公司派來的高手，兩大高手互鬥，立即引起全世界的注意，是宣傳伎倆。

還有人認為「The Fate」有另一個升級版，需要在這個版裡面，先通過試驗，通過了，才能抵達另一個版面，而「萬人敵」和「爆破犬」已到另一個版面去了。

各種的猜測，大家都是放不下「萬人敵」與「爆破犬」，依然相信有一天，兩雄將再遇，來個世紀之戰。

梁本輝的母親在家中悠閒地看報。今天的新聞繁多，但內頁的一格小報道卻吸引了她的目光：

過百網遊玩家點數被盜共失八十萬　兩個九十後騙徒落網

不久前，她還在擔心著兒子：有沒有上學？有沒有睡好？但此刻她已不再憂慮，輕鬆得看過標題後，便看其他新聞了。

她打開梁本輝的房門，隨手把窗戶打開，風吹了進來。

梁本輝的房間尚是整齊，只是貓毛四周飛揚。母親笑著說：「夏天到了，貓也要換貓毛了。」

自梁本輝關掉電腦，網絡遊戲好像被他遺忘了。母親心裡卻極欣慰。這孩子談了戀愛，就不肯獨自呆在房內了。

她把修補好的泰拳運動褲放在床上，順手拎起一根貓毛，自言自語：「這貓是虎紋的嗎？」

※※※

大學校園東翼廣闊的中庭異常熱鬧，人聲鼎沸。平日不過是用作通道的冷清空間，今天竟變身成整所大學的焦點，如果有人從教學樓俯瞰，會看見密集人群似畫個半圓般圍著搭起的舞台。

台下，一張張青春的臉孔張望著，或專注，或緊張，或疑惑，五排充當觀眾席的膠椅座無虛設。觀眾席後，沒位置的站著觀看，偶爾交頭接耳；剛加入的，在最後排伸長脖子拉高視線，向台上的大熒幕張望。台上左右兩個區域清晰地劃分：

左邊有兩隊人馬正專注地凝視電腦熒幕作賽；右邊一男一女作主持人兼分析員，在麥克風前眉飛色舞地講個不停。

「說時遲那時快！B隊小兵已經趁A隊搶修自家倉庫之際拿下了腹地！可以見到B隊反應極其迅速，完全是事先計算過的結果！太精彩了！完全是聲東擊西、暗度陳倉！非常漂亮的一役！」

「沒錯！這也反映出A隊策略不周之餘，更過分自信，一味只著重搶攻，以為可以先挫對手心理，結果這下損失更大了！真的替A隊不值啊！」

梁本輝下課路過在後排駐足觀戰，從人群口中得知，這是近月冒起極快，談論道極高的最新網絡遊戲，叫《絕代梟雄》。這是混合策略、戰爭、格鬥、育成以及資源爭奪的遊戲，玩法複雜多變，而台上正進行的，是梁本輝的大學與鄰校大學電競校隊的友誼賽。梁本輝認真地看了很久，發現與「The Fate」相比，這又是另一套系統，另一片天地，而自投入「The Fate」以後，他竟不曾聽過這個新遊戲的大名。他牽起嘴角——怎會有種「山中方七日，世上已千年」的感覺？

梁本輝邁開步伐離開，踏出幾步，才發現台下的角落設有遊戲體驗區，一個明顯不是大學生的背影正牢牢對著電腦熒幕。

「邢探員？」梁本輝睜大眼睛，一副難以置信的表情。

「梁本輝？太好了，快來教我怎樣爬過這幅圍牆！我明明是想到礦場那邊的，怎麼忽然就走到這邊了？」刑亮表情非常無奈。

「這款遊戲我也沒玩過，我試試吧！」梁本輝從心底裡笑出來。

梁本輝在鍵盤上摸索了一會，然後按了幾個鍵，角色便成功爬過了圍牆。

刑亮自嘲：「年輕就是不同，碰兩下子便馬上學懂。」

「你為什麼會在這裡？」梁本輝笑問。

「嘿，我是在工作。」刑亮一副認真的臉孔，但梁本輝知道是裝出來的，忍住不笑。

「我是做網絡罪行偵查的，現在流行什麼遊戲，我怎能不知？見今天日程還不算滿，就來看看你們這群小鬼在玩什麼。」

「怎樣？過到圍牆了嗎？」

背後一把女聲，刑亮回頭一笑，還未趕及介紹，梁本輝已搶先開口。

「莉莉？你怎會在此？原來你和刑探員是認識的？」

「哈，梁本輝，很久不見囉！我是來陪這裝青春的傢伙體驗遊戲的。」莉莉笑道。梁本輝這才想到，他從未曾在如此光線充足的大白天裡見過莉莉，在卡拉OK昏暗狹巷裡穿梭的她，以往總是神秘而帶著滄桑。

這時，刑亮又求救。「喂，怎麼了？怎麼忽然有人向我擲石攻擊？」

「拜託，別在這裡丟臉好嘛？」莉莉以指導刑亮如何作出反擊和防禦。梁本輝看在眼裡，笑在心裡。他們不像是普通朋友。

莉莉忍不住出手了。只見她快速而果斷地按下指令，遊戲角色開始從捱打變成反擊。

梁本輝忽然一凜，他發現莉莉一隻尾指指甲崩裂了，好像是曾參與一場激烈的網絡遊戲，如他上次受傷的一模一樣。

這時，熒幕上的角色已經反客為主，大刀闊斧地斬殺擲石的敵人。就憑著扣剩的一點血，莉莉擊退大軍。

「嘩，想不到你原來是資深玩家，一招半式就解決敵人，手法很純熟呢！」梁本輝說。

「才不！是他太差勁而已。我很少玩這些複雜的遊戲，我現在每晚玩的是《健美先生大冒險》，玩完後小腹和手臂都很痠痛！」

「好了好了。」刑亮放棄遊戲站起來。「我還是把不屬於我的座位還給年輕人好了。」他忽然正式地說：「梁本輝，上次的案件要謝謝你和小綠，不是因為你們，我們可能不會這麼快地一次偵破兩宗案件。」

「你還要多謝小綠。」莉莉插嘴。

「呀，是的！」刑亮搔搔頭。「若不是她在『The Fate』裡叫人留意殺貓案，又剛巧接觸到那住在西邊街的街坊，我也不會馬上知道原來林仲賢還有同黨，而且還趕及逮捕他。」

梁本輝微笑。「嗯，這世界真是很多巧合，每個巧合，卻又有因有果。」

「好了，我們差不多是時候要走了。」莉莉指著梁本輝。「你！以後別再愁眉苦臉獨個兒來唱卡拉 OK 了！生意難做！」

梁本輝目送二人遠去。

難道，莉莉就是「萬人敵」？可能嗎？

管他的。他看著二人背影，感覺到他們的相愛相敬。

是她又如何？即使「萬人敵」也需要愛。

小綠提著貓籠，約了梁本輝。

「小貓怎樣了？」梁本輝說。

三色貓望著他，懷裡是那隻被摔了一下的小貓，正沉沉入睡。

「醫生給了藥，過幾天就沒事了。」小綠說。

梁本輝替她抹汗，說：「剛才見到刑亮和莉莉，看來他們是情侶。」

小綠笑了：「嘩，這世界還真奇妙。」

※※※

梁本輝點點頭，是的，奇妙得令人依戀、珍惜。

這時，後面傳來兩把男孩的聲音。

「我才有能力挑戰『萬人敵』。」甲說。

「哈，難道你不知道，我就是新一代『爆破犬』嗎？」乙說。

小綠輕聲道：「噢，你看，你已是舊一代『爆破犬』。」

「我還沒宣布退役呢。是他們不知道真身『爆破犬』的厲害。」

「說起來，你已多久沒玩了？」

「嗯，有一個多月。」

「想念嗎？」

「有一點。」

「今晚，就上『The Fate』，讓大家看看『爆破犬』的厲害？」

梁本輝捏她鼻子一下，說：「也讓他們看看那亂派貓傳單的女孩的厲害。」

兩人相視而笑。

他們在房間，進入「The Fate」的世界。三色貓在梁本輝的床頭沉睡，小貓在小綠懷裡，小綠的手則掛在梁本輝的手臂裡。

這令操作「爆破犬」看起來有點不便，不過，梁本輝不介意。「爆破犬」現在已無殺意，他只是在尋找虛擬世界的貓兒，而派貓傳單的女孩依然吸引著玩家的注意。

但她大無畏，因為「爆破犬」就在她背後守護著。

母親悄悄推門，看見他們相倚的背影，便輕輕關上門，臉上堆起笑容。

一個月後，由小綠牽頭的義工小隊「街貓關注組」正式成立，透過線下加上「The Fate」的線上宣傳，第一次聚會居然有近五十人參與。參與者不但皆是愛貓之人，也同樣地懷著一點想看「小綠」和「爆破犬」真身的好奇心而來。

真實和虛擬的世界，在兩人的眼中，並不對立，反而揉合在一起，在「The Fate」的他們，甜蜜相愛，真實的他們，更是如此。

街貓關注組

作者：吳家強
封面插畫：王春子
封面美術：秦啟峰 (flip & roll)
內文設計：秦啟峰 (flip & roll)

出版：今日出版有限公司
地址：香港 柴灣 康民街 2 號 康民工業中心 1408 室
電話：(852) 3105-0332
電郵：info@todaypublications.com.hk
網址：www.todaypublications.com.hk
Facebook 關鍵字：Today Publications 今日出版

發行：泛華發行代理有限公司
地址：香港 新界 將軍澳工業村 駿昌街 7 號 2 樓
電話：(852) 2798-2220
網址：www.gccd.com.hk

印刷：大一印刷有限公司
電郵：sales@elite.com.hk

圖書分類：流行讀物 / 小說 / 愛情
初版日期：2024 年 7 月
I S B N：978-988-70184-3-8
定價：港幣 98 元 / 新台幣 430 元